江戸の黒夜叉

火盗改「剣組」3

藤 水名子

時代小説

二見時代小説文庫

目次

江戸の黒夜叉（くろやしゃ）――火盗改「剣（つるぎ）組」3

序　忙中閑あり

※

「いやですよ」

「なんでだよ」

「当たり前でしょう」

「なんでだよ。俺がこんなに頼んでるんだぜ」

「いくら頼まれたって、いやなものはいやですよ」

「だから、なんでそんなにいやがるんだよ」

「いやなものはいや。理由なんかありませんよ」

「てめえも依怙地（いこじ）な野郎だな。ちょっとくらい、考えてくれたっていいだろうがよう」

話し声は、障子の外にだだ漏れしている。

但し、一つは馬鹿でかく、一つは低くひそめられた声音だ。それ故、ひそめられたほうの声音は殆ど外には漏れていない。

「いやですよ、絶対に」

声音こそひそやかだが、いやがる男の語調からは断固たる強い意志が窺えた。

「なあ、頼むよぉっ！　頼むってばよぅ」

だがそのため、強引になにかを迫る男の声が、懇願から、次第に恫喝へと近づいてゆく。

（こんな時刻に、一体なにを揉めている？）

同心部屋の少し先で足を止め、剣崎鉄三郎はしばし耳を欹てた。

ときは戌の下刻（初更）。

既に大方の同心は役宅を辞去し、同心部屋にいるのは、今宵宿直の者たちだけの筈である。

「なあ、いいだろう、ゆきの字」

「いやだと言ったら、いやですよ」

（篤の奴、大方、《姫》に金の無心でもしておるのだろう。仕方のない奴めッ）

内心激しく舌を打ちつつ、鉄三郎はなおも耳を欹てる。

調べ物をしようと、古い記録が蔵されている文書部屋へ行く途中、お馴染みの濁声が耳に飛び込んできた。

（今宵の宿直は篤か——）

と察して、些か気鬱になった。

配下の筧篤次郎は、火盗改の中でも一、二を争う猛者であり、捕り物の場では誰より頼りになる男だが、屋内でじっとしているような役目にはあまり向かない。いや、向かないどころか、じっとしている筧には、殆どなんの価値もない、といっていい。

多少の私語は仕方ないとしても、渡り廊下を行き過ぎる鉄三郎の耳に届いたほどの大声を、さすがに見過ごしにはできなかった。

見過ごして放っておけば、いずれ母屋にまで届くほどの声を張りあげぬとも限らない。

（しかし、よりによって、篤と《姫》が揃って宿直とは妙だな）

筧は、そもそも退屈な宿直の役目を嫌っている。

順番がまわってくれば、大抵他の誰か――それこそ、《姫》こと、寺島靭負（てらじまゆきえ）か、新参者で最年少の牧野忠輔（まきのただすけ）あたりに強引に押し付けてしまい、滅多に勤めを全うすることはない。

（さては奴ら、なにか企んでやがったな）

内心激しく舌を打ちつつ、鉄三郎は同心部屋の前まで来た。

「ったく、わからねぇ野郎だな、お前にしかできねえことなんだぞ」

「私にだって、できませんよ」

「いや、できるって。できると思うから、こうして頼んでるんだろ」

「いくら頼まれたって、無理なものは無理です」

「無理なことあるかよ。てめえの器量なら、化粧すりゃあ充分女に見えるよ」

「顔はともかく、こんなに体のでかい女がいるわけないでしょう」

寺島が、ほとほと参ってあきれ声を出すのと、

「こら、お前たちッ」

同心部屋の障子が不意にカラリと開け放たれ、鬼より怖い彼らのお頭（かしら）・剣崎鉄三郎が顔を覗かせるのとが、ほぼ同じ瞬間のことだった。

「お頭」

瞬時に鉄三郎を顧みた筧と寺島の、異口同音の呟きが、申し合わせたように見事に重なる。

無理矢理寺島の襟髪を摑んで押さえ付け、その口に紅を塗ろうとしていた筧は、茫然と鉄三郎を仰ぎ見るしかない。

「一体なにを揉めておる……」

と言いかけた鉄三郎は、だがその場の光景を一瞥するなり言葉を失い、呆気にとられて立ち尽くす。

「な、なにを……している、お前たち？」

燭台の周辺には、女物の紅梅の着物やら帯やら、緋色の襦袢やら蹴出しやらがしどけなく散乱し、まるで、女を手籠めにして、身包み剝いだ直後のようだ。その上、火盗改一の荒くれ者・筧が、化粧道具を手に、いやがる寺島に詰め寄っている。

どう考えても、一言で説明できる状況ではなかった。

「あ、あの、これは、その……」

激しく慌てたのは、筧とて同様だ。

「ち、違います、お頭」

「なにが違うというのだ？」

「す、すべてはお役目の、お役目のためでして……」

「なにがお役目だ。《姫》を女装させて、一体どうしようというのだ？」

ひと呼吸おいて、鉄三郎は厳しく問い糾した。

「答えろ、篤ッ！」

厳しい顔つきはしているが、既におおよその見当はついている。それ故、口調こそ厳しいがその声音は既に落ち着いていた。

「………」

寛はもとより答えられなかったが、寺島も同時に答えられなかったのは、鉄三郎の炯眼に内心舌を巻いたが故だった。

（さすがはお頭。篤兄が私に女装させようとしていたこと、ひと目で見抜かれるとは――）

「言えぬのか、篤ッ」

鉄三郎は更に鋭く叱責した。

「へぇ……」

寛は、小さく肩を竦めて縮こまるしかない。

決して飼い馴らすことのできぬ野獣のようなこの男を、たったの一喝でそんなふうにさせられるのは、この世で、火盗改方与力・剣崎鉄三郎ただ一人であろう。

「さては貴様、僅かばかりのお手当てを、酒と女郎屋通いで使い果たしてしまい、《姫》を使って美人局でもしようと企んでいるのであろう。怪しからん奴だ」

「ま、まさか！　ち、違います、お頭！……そんな、美人局などと……そ、それがしは、断じて、そのようなこと……」

「篤兄…いえ、筧殿は、私に『囮になれ』、と申されました、お頭」

鉄三郎に頭ごなし叱責され、狼狽えすぎてろくに言葉も返せぬ筧に代わって、寺島がすかさず横から答える。

本気か冗談かは兎も角、鉄三郎にひどく誤解されたのでは、筧があまりに気の毒だ。が、そんな寺島の忖度も、鉄三郎には想定の範囲内だった。

「囮だと？」

殊更大仰に問い返しつつ、鉄三郎は、寺島のその臈長けた貌に視線を移す。腕はたつし、勘働きもよい。頼りになる部下という意味では、筧と双璧を成す存在だが、ゆきえ、という彼の名に、つい、雪江とか幸恵というような文字を当てたくなってしまうのは如何ともし難いことだった。

鉄三郎ですらそうなのだから、筧が悪心を起こすのも無理はない、と内心納得しつつ、寺島の言葉を聞く。

「近頃江戸市中では、度々若い娘が拐かされたり、狼藉に遭ったりしております。筧殿は、それらはすべて、《不知火》一味の仕業ではないか、とお考えになったようで。……いや、敬服いたしました。流石は筧殿でございます」

寺島は懸命に言い募った。

囮の女役はあれほど厭がっていたくせに、兄貴分の筧を庇うことには余念がない。そのことを、内心密かに面白がりつつ、

「なるほど、それで、《姫》を囮にし、拐かしの賊どもを誘き寄せよう、とな」

さあらぬていで、鉄三郎は応じる。

《不知火》一味というのは、専ら、若い娘を拐かしては人買いや女郎屋に売りとばす、という下劣な稼業で知られた一味で、数年前江戸で荒稼ぎした後、近年は鳴りをひそめていた。

賊の世界というのは不思議なもので、《雲竜党》という強大な組織が江戸に根を張っていたあいだは鳴りをひそめていたが、軍師・山賀三重蔵亡きあと、《雲竜党》の消息もふっつり途絶えてしまうと、忽ち他の賊どもが活発に蠢きはじめる。どうやら、そんな不文律があるらしい。

このところ、娘の拐かしが続出しているのは事実であった。

「一連の拐かしに、《不知火》一味がかかわっていると思うか、篤？」

「は、はい。ゆきの字……いえ、寺島の言うとおりでございます、お頭」

寺島の助言に勇気を得た篤は、忽ち得意顔になって応える。

「なるほど、貴様にしては上々の考えだ。囮を使う、というのも悪くないぞ、篤」

「お、恐れ入ります、お頭」

鉄三郎の言葉の含みに内心恐々としつつも褒められたことに気をよくした篤が更に調子込んで応えると、

「たわけッ」

またもや、厳しく一喝される。

「ひぇッ」

篤は忽ち縮みあがった。

「うぬら、宿直の勤めをなんと心得るかッ。悪ふざけも大概にいたせッ」

「申し訳ございませぬッ」

寺島は素直に両手をついて平伏した。

「も、申し訳ございませぬ」

不得要領ながら、覚も直ちにそれに倣う。

「だいたい、簡単に囮などと言うが、お前たち二人だけで、どれほどの働きができると言うのだ？　そもそも、市中の何処に賊が現れるか、わかるまい？　娘の拐かしは、江戸のいたるところで起こっておるのだぞ。適当にそこらを歩きまわっただけで、賊があっさりひっかかってくれるなら、苦労せぬわ」

「はい」

実にもっともな鉄三郎の説教の前に、覚と寺島は揃って項垂れるしかない。

「わかったら、いまはしっかり、宿直のお勤めをせい」

「はい」

一応ひととおり叱ってから、だが鉄三郎は、ふと顔つきを弛めて問う。

「で、その着物や紅おしろいは、何処から持った来たのだ、篤？　まさか、立ち寄り先の商家から強奪したのではあるまいな？」

「そ、そんなことはいたしませぬッ」

覚は懸命に否定した。

「し、知り合いの芝居小屋から、借りてきたのです。本当ですッ」

「知り合いの芝居小屋だと？」

「はい、西両国の……神成座という小屋でして……その、酒に酔った客同士が喧嘩をはじめて大騒ぎになりましたところに、たまたまそれがしが居合わせて、仲裁して以来、一座の者たちとはなにかと懇意にしております」

「なに、貴様が喧嘩の仲裁だと？」

鉄三郎の表情がふと変わる。

（誰より真っ先に喧嘩をしたがる篤が、仲裁するなど、絶対にあり得ぬ。……さては、なにか別のことで、一座の弱みを握ったな）

と直感したものの、それ以上の詮索はしなかった。

火盗改は、その職務上、市井のあらゆる場所に網を張り、賊がひっかかるよう仕向けなければならない。そのためには、不特定多数の者が期せずして集まる芝居小屋に誼を通じておくのは、決して悪いことではなかった。

それ故、鉄三郎は再び顔つきを弛め、

「だが、悪くはないぞ」

少しく柔らかい口調で言った。

「え？」

筧と寺島は、再び異口同音に訊き返す。

「お前たちが、勤めに熱心であることは賞賛に値する。命じられたわけでもないのに、若い娘らに危害を加える怪しからん賊を、一日も早く捕らえようとは見上げた心がけだ」

「…………」

二人は、ともに耳を疑った。言葉を継ぐ鉄三郎の口調は、いっそ楽しげですらある。寛はなにも感じなかったであろうが、寺島はなにか不吉なものを感じ、我知らず身を凍らせた。すると、不吉な予感が、次の瞬間現実のものとなる。

「座っていればよいのではないか？」

「え？」

と短く問い返したのは寛一人で、もとより寺島は絶句している。突如激しく起こった身の内の動悸を抑えようと、無意識に自らの胸元へ手を当てた。

「座っていれば、身の丈など誤魔化せる」

「そ、それは、一体どういうことで？」

寺島の心中など露ほども知り得ぬ寛は無神経に問い返す。

「たとえば、人出の多い縁日の参道の茶店の椅子に、人待ち顔の美女が座っている、というのはどうだ？　賊が、器量好しだと近所で評判の娘にばかり目を付けているとは限らぬ。或いは、人混みの中でたまたま見かけた器量の好い娘を狙う、ということも充分にあり得る」

「は、はい。充分に、あり得ますッ」

と意気込んで寛は応じ、寺島は絶望的な思いでそのやりとりを聞いていた。

鉄三郎の言葉がすべて冗談であってほしいというのが、寺島の切なる願いであったが、どうやら虚しい願いであるらしい。

「いまのところ、他になんの手立てもないのであれば、なんであれ、やってみる価値はある。……実際に、危難に遭う者が続出しているのだ。我らも手を拱（こまね）いているわけにはゆくまい」

「はいッ、手を拱いているわけにはゆきませぬ」

鸚鵡（おうむ）返しに寛は応え、鉄三郎の顔に見入る。

鉄三郎は鉄三郎で、己の表情が不用意に弛（ゆる）まぬよう、懸命に引き締めつつ言葉を継ぐ。

「幸い、いまは他に追うべき賊もおらぬ。お前たちは、今後お勤めのあいだ、市中見廻りの際も含めて、その作戦を遂行するがよい」

「ははーッ、承（うけたまわ）りましてございますッ」

忽ち満面に喜色を浮かべながら、筧は両手をついて拝命した。

仕方なく、寺島もそれに倣って両手をつき、叩頭する――但し、無言のままで。できればお断りしたい、というのが本心だ。だが、

「《姫》なら、さぞかし美しい女に化けられるであろう」

踵を返しざま、背中から言い捨てて、鉄三郎はその場から立ち去った。

廊下まで躙り出て、しばしその背を見送ってから、

「おい、ゆきの字」

筧がやおら寺島に向き直る。

「聞いたよな？」

「………」

寺島は応えず、当然不機嫌に押し黙っている。

「おい、なんとか言えよ、ゆきの字。お頭のお許しが出たんだぜ」

「………」

「いや、お許しっていうより、これは命令だよな？」

「え？」

寺島はさすがに小さく驚き、筧を見返す。

「まさか、お頭の命令に背くわけにはいかねえよな？」

「命令って、そんな……」

「命令だろうがよぅッ」

寺島の態度が曖昧なことに腹を立て、筧は忽ち息巻いた。

「てめえ、まさか、ずるがしこく俺を言いくるめようってんじゃやねえだろうなぁあ？」

「そ、そんなつもりはありませんよ」

「だったら、お頭のお言いつけに背くつもりか？」

「そんなわけ、ないじゃありませんか」

懸命に言い募ってから、寺島はふと口調を変え、

「やりますよ、篤兄。お頭のご命令なんですから」

観念したように言い返した。

言い返したあとで、つと筧に向き直る。

「ですが、お頭のお考えは、あくまで、私が美しい女に化けられたら、という仮定の上に成り立っているのですからね」

「な、なんだよ。どういう意味だよ？」

「美しい女はおろか、女にすら見えなかったら、そもそも私を囮にするなんて策は、成り立たないんですよ。そのことが、わかってますか、篤兄？」

「………」

寺島の語気の強さに、さしもの筧も気圧された。

「わかってるって……」

それでも、辛うじて言い返す。

「わかってるよ。わかってるから、まずは、化粧からはじめてみようじゃねえか」

「駄目です」

寺島はにべもなく首を振った。

筧の顔色が忽ち変わると承知の上で——。

「なに、てめえ、まだわかんねえのかぁ？」

「今は、宿直のお役目の最中です。お頭だって、宿直のお役目を疎かにしてはならぬ、と仰せられたではありませんか。大事なお勤めの最中に、化粧をして女の着物を着るなんて、言語道断ですよ」

鉄三郎の叱責を逆手にとって寺島は主張したが、

「なんだ、そういうことか。わかってるよ、そんなこたあ」

寛は忽ち上機嫌で破顔した。

「じゃ、宿直があけたあとで、ゆっくりとな」

ニヤリと口許をほころばせた寛の顔を、悪夢をみるような思いで寺島は見返した。

「…………」

「お頭も言ったろ。お前なら、美しい女に化けられる、ってよ」

ゾッとするような笑顔であった。

こういうときの寛の執念と迫力には、寺島も屢々(しばしば)瞠目させられる。

※　　※

「よう、姐(ねえ)さん、いい女が、こんなところで一人きりで、いってぇ、なにしてるんだい？」

男が声をかけてきたのは、境内の片隅にある小さな社(やしろ)の前にしゃがみ込み、手を合わせて祈る姿になってから、小半刻ほど経ってからのことである。

境内には、主祭神を祀(まつ)った本社殿の他、幾つかの末社がある。信心深い者なら、本社殿をお参りしたのち、それらの末社のすべてをお参りするのは不思議なことではない。

だが、小さな稲荷社の前で、そんなに長い間、鮮やかな紅梅の着物を身につけた女がしゃがみ込んで懸命に祈っていれば、明らかに人目につく。

年の頃は二十五、六。年増（としま）だが、大きく抜いた衣紋（えもん）から覗く項（うなじ）の白さは艶（なま）めかしく、御高祖頭巾（おこそずきん）から覗く横顔もゾッとするほど美しい。

「そんなに熱心に、一体なにをお願いしてるんだい？」

「………」

女は無言で顔を背ける。

当たり前だ。仮に、多少年齢がいっていたとしても、通りすがりの男の言葉にうっかり応える女はいない。

「なあ、黙ってねえで、返事くれぇしなよ。そうつれなくするもんじゃねえぜ、別嬪（べっぴん）さん」

執拗（しつよう）に言い寄る男が肩に手をかけようとするのを、座ったまま、スルリと躱（かわ）して、

「大切な願かけを――」

謡（うた）うような声音で言い、

「している最中です」

言いつつ、女はそいつに顔を向けた。

「…………」

そいつが思わず絶句したのは、

「どうか、邪魔をしないでくださいませ」

ニッコリ微笑んだその面の、あまりの妖艶さに戦いたためだ。ただ、彼女の面上には、男に対する厳しい拒絶の色しかなかったが——。

「なッ」

一瞬間、女の顔に見とれてから、漸く男は激昂した。即ち、拒絶されたことに気づいたからにほかならない。

「なんでぇ、このアマッ、折角こっちが親切に声かけてやってるってのに、お高くとまりやがってよぅ!!」

余裕を持って拒絶する女の、その艶やかな笑顔が、更に男の怒りを煽った。

「おいッ」

と、そのとき男が呼びかけたのは、彼の背後にぞろぞろと連なる仲間たちだった。

同じような藍弁慶の裾を、揃ってだらしなく絡げた破落戸風体の男が、総勢六名——。

「ぐずぐずしてると人が来る」

「とっとと、やっちまおうぜ」

男たちは口々に言い、

「おう、やっちまえ！」

という男の呼びかけに従って、直ちに女を取り囲む。

「やっちまう、ってのは、穏やかじゃありませんねぇ」

だが女は、大の男に囲まれながら、少しも取り乱すことなく、サッと裾を払ってその場で腰を上げる。

「え……」

女を取り囲んだ破落戸どもは、皆一同に絶句した。

なんと、身の丈六尺ゆたかの、長身の女だったのだ。

「なんて顔してんだよ、お前さんたち」

紅梅の着物の裾をたくし上げながら女は言い、最初に声をかけてきた男の胸倉をやおら掴む。

「あたしを、やっちまうんじゃなかったのかい？」

「………」

万力のような力で胸倉を締め上げられ、男は声を発することもできない。

「どうなんだい、え？」

「ふぎゅ…ふぅ」

男は、吐息を漏らすのがやっとであった。

「こ、この化け物女ッ」

すると、女を取り囲んでいた仲間の一人が、漸く正気に戻って喚きだす。

「お、大女だって、女には変わりねぇ。ヤサに連れ込んじまえば、こっちのもんだぜ」

だが、喚きはじめたその途端、背後から、不意に後頭部を強打されて、そいつは瞬時に昏倒した。

見れば、仁王像かと見紛う髭面の巨漢が、憤怒の形相ですぐ背後にいる。

「やい、てめえら、女を相手になんてざまだ。恥を知りやがれッ」

怒声とともに、驚く暇も与えられぬそいつらの襟髪を、二人同時に引っ掴んで無造作に背後へぶん投げる。

「ぶうぎゃッ」

「わぎぃひッ」

二人はともに顔面から地面に体を打ちつけ、悶絶した。

一人は、依然女に胸倉を摑まれたままだ。

残る二人は、思わずその場から後退りした。

「お、おい、お前らッ」

胸倉を摑まれた男が忽ち震え声を張りあげる。

仲間に助けを求めようとしたのだろうが、二人は、そいつがなにか言い出すのを待たず、そのまま踵を返して逃げ出した。

「あ〜あ、仲間をおいて、逃げちゃったよ。頼りにならない有象無象だねぇ」

それを揶揄するように女は言い、低く含み笑うが、その声音は既に女のものではなく、男のものだった。

「………」

「悪いね、女じゃなくて」

嘲笑の言葉とともに、寺島靭負は、そいつの体を無造作に押し返しつつ、手を離す。

押し返された男の体は、そこに待ち受ける筧篤次郎の手にすんなりと収まった。

「ひぃ…ひぇいッ」

熊を思わせるような厳つい手で肩を摑まれ、男は容易く竦み上がる。

「おい、てめえらの頭の名を言え。素直に白状すれば、痛い目にあわずにすむぜ」

「………」

「二度と女を抱けねえ体になるのと、いっそここで俺様に殺されるのと、どっちがいい？」

問いつつ筧は男の肩を摑んだままでもう一方の手を男の股間にまわし、双の陰嚢(ふぐり)を容赦なく引っ摑む。

「ぎゃあッ」

当然そいつは悲鳴をあげる。

「だから、どっちなんだよ。吐くのか、吐かねぇのか？」

「お……」

男は辛うじてひと声漏らす。

「お頭は？」

「お…お頭……」

「誰なんだ、え？」

「なんて……」

「なんて？」

「い…いません」

「あぁ？」

「お頭なんて…いません」

男が漸く言えたとき、既に寺島は、女装束のままその場に腰を下ろし、着物の裾を気にすることなく、ぞんざいに胡座をかいている。

「な、なんだとぉ？　てめえら、《不知火》一味のもんじゃねえのかぁ？」

「ち、ちがいます……」

「じゃあ、てめえらの頭はどこの誰だ？」

「で、ですから…頭はいません。…お頭は、いません。も、申しわけございませんッ。どうか、お許しください。……そちらのお方が、あまりにお美しかったので、つい出来心を起こしたんでございます」

耳許で寛に凄まれた男の目にはうっすら涙さえ滲んでいた。それどころか、着物の前──股間のあたりが、いつしか、しとどに濡れている。

「うわッ、なんだ、こいつ。きったねえ！」

湿った布の手触りからそれに気づくと、寛は慌ててそいつから手を離す。そいつはそのまま力なく頽れて、おいそれとは立ち上がれない。大方腰でも抜かしているのだろう。

「あ〜あ、漏らしちゃったねぇ」

他人事のように暢気な口調で寺島が呟く。

箟は無言で、失禁して腰を抜かした男を睨みつける。

「どこから見ても、ただの破落戸ですよ、篤兄」

「…………」

寺島の言葉にウンともスンとも応じなかったのは、己もそのとおりだと認めたからに相違なかった。

「こんなお粗末な連中が、《不知火》一味のわけはないし、頭なんかいやしません。ただの、ろくでなしの与太者です」

「くっそぉ……」

箟は心底悔しがった。本気で、《不知火》一味を捕らえようと目論んでいたのだろう。鉄三郎は、なにもしないでいるよりはいくらかましだという程度の気持ちで認めただけなのに、箟は、鉄三郎が本気で命じたと思っている。それが、箟篤次郎という男だ。

「何度やっても同じです。ひっかかるのは、ただの女めあての破落戸ばかり。大物なんか、かかりゃしませんよ」

「…………」

「ねぇ、もう、いいでしょう、篤兄。土台、こんな雑な遣り方で、《不知火》一味の尻尾なんか掴めるわけないんだから」

「…………」

　完全に沈黙してしまった筧の横顔に対して、まだまだ言いたいことは山ほどあったが、寺島はそこで言葉を止めた。これ以上責め立てれば、畢竟筧は逆ギレする。

「うるせえんだよ、てめえッ」

　下手をすれば、やおら殴りかかってくることも充分あり得た。それだけは、できればご免被りたかった。

第一章　友、来る

一

　ともに、刀を青眼に構えて対峙したまま、しばしのときが過ぎた。

　間合いまで、ほんの数歩という距離だ。月も明るい。互いの面上に滲む躊躇いの表情は充分見てとれた。

　腕は、ほぼ互角。

　それ故一瞬たりとも気を抜くことはできない。気を抜いたら最後、一瞬後にはどちらか一方が命を失うことになる。

（だが、そろそろ集中力の途切れる頃おいだ）

　鉄三郎は思った。

（それは、お互い様だがな――）
互角の腕なら、先に集中を途切れさせたほうが負けだ。
鉄三郎の刀の尖が、僅かに揺れる。
すると、相手の切っ尖も同様に揺らいだ。
別に申し合わせたわけでもないのに――。
もう限界だ、という合図のようなものだった。
ザッ、
次の瞬間、鉄三郎も相手も、ともに地を蹴って前へ跳んだ。
ぎゅんッ、
刃と刃が激しくぶつかる。
鋼が爆ぜて、焦げたような匂いが束の間漂った。
「…………ッ」
「…………ッ」
互いに声にならない気合いを発し、いま一度刃をぶつけ合う。
がしュッ、
がしゅッ、

ぎゅしゃ……

そのまま、二合三合と、激しく刃を交える。

木屑のようなものの焦げる匂いが、忽ち周囲に広がってゆく。

(真剣でも、勝負はつかぬか?)

鉄三郎は少しく焦った。

それは相手も同じだったようで、交える剣の切っ尖から、僅かに殺気が薄れたように感じた。

ともに、同じ道場で十年も修業を積んできた相手だ。

同じ日に入門し、十年ものあいだ、一日とて稽古をともにしなかった日はない、と言ってもいい。互いに、相手の手筋は読みきっているため、どこを狙ってもどこを突いても、相手の剣に邪魔をされる。

(これでは、竹刀のときとまるで同じではないか)

苦笑混じりに思いつつも、鉄三郎は一瞬たりとも気を抜かない。

ずぁッ、
ぎぃッ、
ごぉッ

二本の刀は――鋼と鋼が、思う存分ぶつかり合う。撃ち合いは長く、半刻に及んだ。全力による撃ち合いが半刻も続けば、いくら強靭な若者の肉体であっても疲弊する。息があがり、次第に動きが鈍くなる。足がふらつき、狙いも定まらなくなってくる。戦いが、そろそろ一刻に及ぼうというとき、とうとう刀を持つ手があがらなくなり、鋒（きっさき）を地面に突き立て、まるで刀を杖に見立て、それに縋（すが）るが如く、膝をついてしまった。両者、ほぼときを同じくして――。

「ま、参ったか、鉄三郎」

「き、貴様こそ、最早動けまい、謙士郎（けんしろう）」

鉄三郎は懸命に言い返したが、その途中で堪えきれなくなり、刀から手を離すと、地面に尻をついて座り込んでしまった。それは、相手の、樫山（かしやま）謙士郎も同様だった。

「くそッ」

尻餅をつくと同時に、謙士郎が口惜しげな声を漏らす。

「結局、決着などつかぬではないか」

「………」

「おい、聞いているのか、鉄三郎」

「聞いている」

「竹刀や木刀ではなく、真剣で立ち合えば必ず決着がつく筈だ、と言い出したのは貴様だぞ、鉄」

「…………」

「だが、一刻も立ち合って、この体(てい)たらくだ。刀はひどい刃こぼれだぞ」

「ああ」

「研(と)ぎに出さねばならん。金がかかる」

「そうだな」

「誰のせいだッ」

謙士郎は声を荒げた。

「俺のせいだと言うのか？」

「決まっていよう」

「だが、貴様とて同意したではないか。同意しておいて、今更なにをぐちぐち文句を言うのだ。見苦しいぞ」

「なんだとぅッ！」

謙士郎は激昂し、更に声を荒げたが、

「まだ、やるか？」

「いや、もう動けぬ……」

真顔の鉄三郎から問い返されると、素直に己の現状を告げた。

「俺もだ」

言い返す鉄三郎の言葉に笑いが滲むと、謙士郎の口からも笑い声が漏れだす。そもそも、無二の親友同士だ。本気で相手を傷つけようなどとは夢にも思っていない。

なのに、真剣を用いての決闘を思いついたのは、双方の腕があまりにも互角過ぎるが故だった。

同じ日に入門し、その十年後、同じ日に免許皆伝を許された。

「どちらが上でどちらが下とは到底言えぬ。そなたらの腕は、それほど頡頏しておるのだ」

師は、最後までそう言い続けた。

おそらく、真実であろう。剣崎家と樫山家は、ほぼ同家格の旗本であった。それ故師が、どちらか一方に贔屓をする必要はなかった。師の言葉が真実である以上、二人の腕は本当に互角なのだ。

それでも、彼らは決着をつけたかった。

十年も稽古して一度も勝てない相手に、一度でいいから勝ちたかった。

「ためしに、真剣で立ち合ってみぬか？」

　という鉄三郎の思いつきに、謙士郎もあっさりのった。

　確かに、真剣を手にすれば、竹刀や木刀のときとは違う心持ちになり、普段とは違う動きができるかもしれない。彼らはともにそう思ったが、結果はいつもと同じであった。

「本当に…互角なんだな」

　座り込んだきり、荒れた呼吸が戻るのを待っていた謙士郎が、ふと呟いた。

　月が、二人の周囲に広がる景色を照らしている。

　二人が刃を交えていたのは、墓場のど真ん中であった。

「決闘の場所は墓場にしよう」

「ああ、どちらかがどちらかの刃に仆れたときは、葬るのにこれほど好都合な場所はない」

　と、二人で相談し、すっかり興にのっていたのだから、免許を得たといっても、十九かそこらの青年の心などまだまだ幼稚だ。その証拠に、月明かりに映える彼らの顔つきは、遊び疲れた悪童そのものだった。

「なあ、謙士郎――」

呼吸が完全に整うのを待って、鉄三郎は呼びかける。

「ん?」

「俺は何れ、父のあとを継いで出仕する。そうなれば、父と同じく先手組の一員となる」

「ああ、俺も同じだ。できれば、お前よりあとには出仕したくないな。……お前より、一日でも早く出仕したい」

「何故だ?」

「お前に一日でも遅れれば、お前の後輩になってしまうだろうが」

「なに?」

「お前の下になるなど、金輪際ご免だ」

「なにかと思えば、ケツの穴の小せぇことをぬかしやがるな、謙」

「なんだと、鉄、この野郎ッ」

謙士郎は思わず拳を握りしめる。

「なら、お前は平気なのか、鉄? 俺よりあとに出仕して、俺を先輩として仰ぐことになっても——」

「いやだ」

鉄三郎は即答した。

「なんだよ。同じじゃねえか」

「ああ、同じだ」

鉄三郎は素直に認める。

それから互いに相手の顔を見返し合って、

「同じ日だったらいいなぁ」

「ああ、同じ日だったらいいな」

同じ言葉を口にした。

その甲斐があったのか、彼らの御先手組への初出仕は、同じ日のことであった。

しかし、同じ弓組に籍を置いたのはほんの数ヶ月のことで、謙士郎はやがて鉄砲組に配属された。本人が希望してのことだった。

「剣は極(きわ)めた。次は鉄砲だ。武士(もののふ)たる者、あらゆる得物(えもの)に通じておらねばのう」

鉄砲組に異動する際、謙士郎はそう嘯(うそぶ)いた。

(謙士郎らしいな)

鉄三郎は、友の旺盛な探求心を心から羨(うらや)ましく思った。

だが、職場が変われば、自然と顔を合わせる機会は減り、つきあいも疎遠になる。

それから数年が過ぎて、鉄三郎が火盗改の激しい職務に追われるようになった頃、謙士郎は京都町奉行付きの与力に出世し、上方へと去った。十年以上も前のことだ。

最初の数年は年に一、二度文のやりとりもあったが、謙士郎の上方住まいが五年を過ぎたあたりから、それもふっつりと途絶えた。友の身を案じつつも、上方から流れてくる噂に耳を傾ける余裕すらない歳月が、鉄三郎の上には流れている。

忘れたわけではないが、さほど思い出しもしない。ただ、思い出したときには、きっと変わらずにいるのだろうと信じている。

鉄三郎にとって謙士郎は、いつしかそういう存在になっていた。

二

（互いに、若かったな）

感慨深く、鉄三郎はその当時のことを思う。

日々の激務に忙殺され、妻を娶るのも忘れている鉄三郎にしては珍しいことだった。

しかもそれは、突如として鉄三郎を襲った。

懐かしい旧友の姿を、その日鉄三郎は不意に町中で見かけたのだ。

（謙士郎？）

その瞬間、鉄三郎の胸裡に去来した記憶のあまりの懐かしさに、鉄三郎自身が束の間放心した。

それ故、彼を呼び止める言葉が一瞬遅れた。

「謙……」

言いかけたときには、その者の後ろ姿が、完全に広小路の人混みの中に消えている。

「謙士郎」

人混みにまぎれた男の背に向かって、鉄三郎は虚しく呼びかけていた。もとより、足を止めて振り向く者はない。鉄三郎は虚しくその場に立ち尽くした。

しばし後、

（いつ、江戸に戻ったのだ？）

という疑問が湧き起こり、漸く鉄三郎はその場を離れる。ぼんやり歩を進めつつ、少しく混乱していた。

仮に謙士郎が江戸に戻っているとして、真っ先に自分を訪ねてこないなどということがあるだろうか。

（いや、絶対にあり得ぬ）

と鉄三郎は思った。

何十年離れていようと、謙士郎は無二の親友だ。

（江戸に戻っているのに、俺に会いに来ないなんて、あり得ぬ）

そんな思いに取り憑かれはじめると、最前謙士郎を見かけた、というのも己の錯覚ではないかと疑いはじめた。

見かけた、ように思っただけで実際には錯覚だったか、或いは全くの別人を見間違えたか——そのどちらかだ。

謙士郎の実家・樫山家は、既に謙士郎の両親ともに他界していた。弟が一人いたが、謙士郎とはおよそ正反対の気質で、武士を嫌い、さっさと大店の婿養子におさまって士分を捨てた。

謙士郎自身は、妻帯せず独り身のまま京に赴任したため、他に家族はいない。それ故、父母の弔いのために江戸へ戻った際、謙士郎は組屋敷を引き払い、屋敷仕えの若党や下働きの者にも暇を出していた。

元々親類縁者は少なく、江戸で身を寄せられるような家もそうはない筈だ。商家に婿入りした弟とは、そもそも犬猿の仲である。

（謙士郎が江戸に来ているなら、必ず俺のところに顔を見せる筈——）

という鉄三郎の確信には、それなりの根拠があったのだ。だから結局、

（人違いだ）

と結論を下し、その日市中見廻りの最中に旧友らしき者を見かけ、懐かしい思い出が胸裡を過った、ということすら、それきり、すっかり忘れてしまっていた。

忘れてしまっていたところに、突如旧友が訪ねてきた。

「旦那様、お客様お見えでございます」

と下働きの彦爺に促されて玄関に出向くと、

「久しいのう、鉄三郎」

「え？」

驚嘆する鉄三郎の目の前に、樫山謙士郎がいた。

仕立てのよい緞子の羽織に仙台平の袴は、ともに旅塵に汚れているし、かつてご近所の女たちからは、涼しいと騒がれた目許にも年相応の皺が刻まれている。それでも、充分に涼しく、端正だ。羽織に染め抜かれた丸に隅立て四つ目の紋は、樫山家のものに相違ない。

「謙士郎……」

懐かしい友の名を呼んだきり、鉄三郎は即ち絶句した。

(全然変わっていない)

と思う一方、それなりに歳月を刻んでいる友の顔に、実は密かに戦いたのだ。

「おい、どうした、鉄？　まさか、この俺の顔を見忘れたのか？」

茫然と立ち尽くす鉄三郎に、少しく揶揄する口調で謙士郎は問いかけた。十数年ぶりの再会にしては些か軽々しい友の口調に腹が立ち、

「だ、誰が、見忘れるかッ」

鉄三郎は思わず声を荒げた。

「貴様こそ、なんだ、今頃。この十年、文の一つも寄越さなかったではないか」

つい口走ってしまったことを内心悔いつつも、

「とっくにくたばっているものと思っていたわッ」

心にもない言葉を口にした。

だがその途端、

「なんだ、貴様、昔の女みたいな口をききやがって、気色の悪いッ」

謙士郎の口からは更に心ない言葉が飛び出し、鉄三郎を唖然とさせる。

「なんだと！」

男同士というのは不思議なもので、互いに四十半ばの分別盛りというのに、古い知

己と顔を合わせた途端、最も交流が深かった時代――この場合は十代半ばから後半くらいの気分や考え方に戻ってしまうのだ。

「この野郎ッ」

「ふざけるな！」

思わずカッとなり、互いに相手の胸倉を摑んで一頻り揉み合ってから、

「…………」

漸く、呆気にとられて彼らを見守る彦爺の視線に気づいた。

気づくと忽ち我に返り、互いに手を離し、気まずげに押し黙る。四十を過ぎた男同士が摑み合いの喧嘩というのは、さすがにばつが悪すぎた。すると、

「樫山様、今宵はこちらへお泊まりになられますか？」

空気を読んだ彦爺が、とってつけたように訊ねてくれる。

「そ、そうだ、謙士郎、泊まるのだろう？」

「あ、ああ、そうさせてもらえると有り難い」

二人はともに救われた、という顔つきで胸を撫で下ろす。

「では、酒と、なんぞ気のきいた肴でも買うてまいりまする」

彦爺はすかさず言い置き、出て行った。

剣崎家に仕えて三十年余。もとより、謙士郎のこともよく知っている。

「それで、いつ、江戸に戻ったんだ？」

彦爺が立ち去ってしばらくしてから、鉄三郎は漸く謙士郎に問いかけた。

「昨日内藤（ないとう）に一泊して、今朝ご府内に入った」

「内藤に？」

「悪いか」

意外そうな顔をされたことにやや憤慨して謙士郎は応じる。

「いや…吉原（なか）でないところが、如何（いか）にも貧乏くさくて、お前らしい」

「なにッ、鉄、この野郎、まだ、そんな憎まれ口をほざきやがるか」

再び喧嘩腰の憎まれ口を吐き合ってから、鉄三郎と謙士郎は互いに苦笑した。

何年離れていようとも、顔を合わせればすぐその当時の気分に戻ってしまう。そんな、十代の小僧のように狼狽（うろた）えたりすぐカッとして声を荒げる鉄三郎を、現在の彼しか知らぬ寛や寺島がもし見れば、蓋（けだ）し我が目を疑うに違いない。

「それで、江戸には何をしに来た？」

漸く肝心のことを謙士郎に問うたのは、二人が幾度か盃を重ねた末、心地よい酔いが、彼らの四肢をちょうどよく弛ませてからのことだった。

「ああ、そのことだがな」

手にした猪口を一旦膳に置き、謙士郎はふと口調を改める。

「実は、下手人を追っている」

「下手人を？」

「この数年、京、大坂を荒らしまわった盗賊の頭だ。極悪非道な男で、押し込みに入った家では常に家族を皆殺しにしている」

「なんという賊だ？」

「《黒夜叉》の隆蔵だ」

「ああ、その名は聞いたことがあるぞ。江戸まで名が知れているところを見ると、相当な者だな」

「ああ、相当な悪党よ。長年やつを追って来たのだ。どうしても、己の手で捕らえるか、殺すかしたい」

「おい、殺すとは穏やかでないな」

物騒極まりない謙士郎の言葉に、鉄三郎は少しく眉を顰める。

「それほど、因縁のある敵だということだ。お前とて、長年火盗で悪党の相手をしているのだ。わかるだろう」

「………」

固く拳を握りしめた謙士郎の怒りがわかると、鉄三郎は口を噤むしかなかった。

「だが一体どうやって捜す？　江戸は広いぞ。おぬし一人が闇雲に捜し回ったところで、どうにもならぬ」

「………」

今度は謙士郎が口を噤む番だった。

鉄三郎の言葉が当を得ていたからに相違ない。今日一日、十数年ぶりの江戸市中を歩きまわってみて、それはつくづく思い知っていた。

「部下に手伝わせよう。こういうことには手慣れた連中だ。きっと役に立つ」

「いや、俺は一人でやる」

すると謙士郎は断固たる口調で首を振る。

「おい、謙士郎」

「俺はな、鉄、黒夜叉を捕らえるために、休暇をとって江戸に来ているんだ。己一人でやり遂げねば、意味がないんだ」

「なに、休暇を？」

鉄三郎は忽ち顔色を変え、

「お奉行から下された命（めい）ではないのか？」

厳しい口調で問い返す。

「お奉行から下された命でなければ、なんだというのだ、鉄三郎？」

鉄三郎の厳しい言葉を真っ直ぐ受け止めた上で、だが少しも揺らがぬ様子で謙士郎は問い返した。見返す視線の強さに、さしもの鉄三郎も一瞬答えを躊躇（ためら）ったほどの強い表情と語調であった。

「よいか、鉄三郎、これは俺が天から下された使命だ。あの極悪人を捕らえるか、或いはこの世から消すかすることこそが、俺がこの世に生まれてきた証（あかし）――即ち、天命なのだ」

「…………」

悪鬼をもねじ伏せようとするかのような謙士郎の激しい言葉に、そのとき鉄三郎は圧倒された。

男が、自らの人生を懸けて何事かを為そうとしているとき、誰も――たとえ親兄弟や無二の友であっても、彼の意志を曲げさせることなど、できはしない。

そのことを、誰よりもよく知る鉄三郎である。

「わかった」

しばし言葉を躊躇ってから、だが鉄三郎は、矢張り言わずにはいられなかった。

「だが、それほどの覚悟を以てのぞむのであれば、ゆめ、しくじりたくはあるまい。俺の部下を使え。……いや、使ってくれ、頼む」

「鉄三郎――」

「頼むから――」

鉄三郎は懸命に言い募った。真剣な願いが通じたのか、やがて謙士郎は小さく頷いた。

三

「これは樫山様、お久しゅうございます」

鉄三郎の屋敷に呼ばれた寺島は、そこで引き合わされた謙士郎を一瞥するなり、満面に懐かしさを漲らせて一礼した。

「久しいのう、ゆき……いや、靭負」

「なんだお前たち、旧知であったか」

目と目を見交わした謙士郎と寺島のあいだに、束の間、並々ならぬ信義の情が通い合うのを見届けてから、鉄三郎は思わず呟いた。

寺島は元々鉄砲組の出身だ。謙士郎もかつて鉄砲組にいた。二人が旧知であっても、何の不思議もない。

「私が鉄砲組に入ってほどなく、樫山様は京都町奉行所の与力にご出世なさいました。短い間でしたが、ご厚情を賜りました」

「おい、靭負、誤解を招くような言い方はやめてくれよ」

寺島の言葉に、謙士郎は忽ち閉口する。

「誤解？」

「いや、なに、こいつ、こんな感じだろう。出仕したばかりの頃はまだ体も華奢で、本当に女みたいだったんだ」

鉄三郎の問いに、謙士郎は思わず笑みを浮かべずにはいられない。

「樫山様ッ」

寺島はすかさずその先の言葉を制止しようとするが、

「組内で、やれ《お嬢》だの《姫》だのと揶揄(やゆ)されてな」

謙士郎は構わず言葉を続ける。

「こいつ、本気でそれを厭がって、今後自分のことをからかう奴らを一撃で射殺したいから、鉄砲の上達法を教えてほしい、と言ってきたのよ」

そこまで謙士郎が言ったとき、寺島は最早観念したように顔を俯け、そんな寺島を、謙士郎は嬉しげに見つめていた。

「ま、まあ、親しい間柄であったのはなによりだ。《姫》はしばらく、謙士郎を手伝ってやってくれ。但し、篤には内緒だぞ。あやつに知られると、なにかと面倒だからな」

二人のあいだに漂う、些か奇異な親しさに戸惑いつつ、とってつけたように鉄三郎は述べ、

「はい。承りましてございます」

寺島は謹んで拝命した。

確かに、篤には知らせないほうがよさそうな案件であった。そのため今日も、鉄三郎の自宅に呼ばれたことをひた隠し、こっそりと訪れた。もし知られれば、嫉妬にかられた篤から殴り殺されかねない。

(ましてや、私一人がお頭から密命を下された、などと知られたら……)

想像するだにそら恐ろしい。

「では、お頭、もし篤兄…いえ、寛殿に知られそうになったときは、お頭は一切与り知らぬこと、としていただけますか？」

「なに？」

「どうかこの件は、旧知の樫山様から請われ、私が勝手に、樫山様のお手伝いをしているということに――」

「なるほど」

そこまで聞いて鉄三郎は納得し、同時に苦笑した。鉄三郎を敬愛する余り手柄を焦る寛は、寺島一人が密命を帯びたと知れば、狂気の如く嫉妬するに違いない。それ故、密命ではなく、寺島自身が己の判断で勝手にしていることにしてほしい、ということだ。

「わかった。《姫》の言うとおりにしよう」

「有り難うございます」

鉄三郎の言葉に、寺島は更に叩頭した。多くを語らずとも、その心中を即座に察してくれた鉄三郎の鋭さに心から感謝していた。

「先ずは、それがしの密偵を、市中に放ちます」

かつての先輩・樫山謙士郎に向かって、臆することなく寺島は述べた。

「なるほど、密偵か」

謙士郎はそれを、半ば驚き半ば感心した顔つきで聞いた。

「密偵には、それぞれの伝(つて)がございます。江戸に、上方から大きな盗賊の頭が入ってきた、となれば忽ち奴らのあいだで噂になりましょう。闇雲に動くより、先ずは密偵たちが噂を拾ってまいるのを待ちましょう」

鉄三郎から下された密命の内容が、《黒夜叉》の隆蔵の捕縛なのだと樫山謙士郎から知らされた寺島は、先ずは、樫山が一人で勝手に市中を嗅ぎまわらぬよう、釘をさした。

悪党の世界では、どういうわけか、噂が広まるのが異常に早い。

京都町奉行所の与力があちこち嗅ぎ廻っているなどという噂が広まってしまえば、追われる相手は深く身を潜(ひそ)め、やがて手の届かぬところへ去ってしまわぬとも限らない。

長年、京都町奉行所という、遠国(おんごく)奉行の中でも格段に位と格式の高い部署で与力を勤めていた樫山には、おそらく不浄役人の自覚はない。京都町奉行の務めは、主に京の市政と訴訟関係であり、町奉行とはいっても、勘定奉行と寺社奉行の職務も兼任している。

　それ故、たまに盗賊捕縛などの任を負うことがあっても、残念ながら、あまり慣れてはいないのだ。樫山のように、先手組時代に市中の警備や罪人の捕縛などを経験したことがある者は寧ろ稀で、それ故樫山も、庶民を食い荒らす犯罪者に対して敏感に反応したのであろうが、そうでない者は皆、一様に無関心だ。

　京都町奉行所の与力・同心たちの関心は専ら、主に上役である奉行の顔色であり、奉行に連れて行ってもらえるかもしれない島原遊廓の遊女にあった。もとより、命じられもせぬ盗賊の捕縛などに関心を示すわけがない。

「なるほどのう。それが、火盗仕込みというやつか、たいしたものだのう、ゆき」

　いちいち適切な寺島の指示に、樫山は手放しで感心したようだが、

「《黒夜叉》の隆蔵は、確か、並外れた女好き、とのことでしたね、樫山様」

　寺島は内心の不安をひた隠しつつ、真顔で問い返した。

　樫山はそもそも豪傑気質の男で、人の心の機微などにはあまり通じていない。

「なんだ、そこまで伝わっているのか。悪党ながら、たいしたものだな、隆蔵という奴は」

「それで樫山様は、江戸に入られる前夜、内藤に泊まって聞き込みをし、翌日四谷大

木戸をくぐってからは、目黒不動に立ち寄り、周辺の岡場所などを軒並み調べてまわったのですね」

「ああ、取りあえず、足の向くまま、まわれるだけまわってみようと思ってな」

悪びれもせず謙士郎は応えるが、

（ああ、駄目だ）

その瞬間寺島は一層絶望的な気分に陥った。

鉄砲組の頃は、誰よりも頼もしい先輩に思えていたのに、二十年近くも現場を離れてしまうと、こうも使えなくなってしまうものなのか。

「では樫山様、いま少し、お待ちくださいませ。じきに、密偵がなにかしら聞き込んでまいると思いますので――」

だが寺島はどこまでも己の心中をひた隠し、あくまで恭しい口調で謙士郎に懇願した。

（《黒夜叉》の隆蔵が、もし、樫山様が睨んだとおりの道筋で江戸に入ったのだとして、己が追われていると知れば、探し出すのは恐ろしく困難になるのだが――）

という、絶望的な心情をひた隠したままで。

「そうか、そうか、待てばよいか」

一旦は機嫌よく頷いた樫山であったが、ふと表情を曇らせた。

「だが、隆蔵の件は、あくまで俺の案件（ヤマ）だ。なにからなにまで、鉄三郎とそなたの世話になったのでは申し訳ないな」

「え？」

「いや、気がひけるではないか。……じっと待っておるのも気詰まりだ。俺にも、なにかできることはないか？」

「それは……」

寺島は容易（たやす）く口ごもった。

「そうだ。変装して、密偵たちと一緒に探索に出る、というのはどうだ？」

「変装…ですか」

寺島の端麗な面（おもて）がうっすらと曇る。

変装については、最早いやな予感以外なにもない。

「京都町奉行所の与力である俺が、奴を追っているから、問題なのであろう？　ならば、他の者の姿をしていればよいのではないか？」

「ほ、他の者とは、たとえば？」

「密偵とは、通常どのような姿をしているのだ？」

「それは…四六時中町中を往来していて、何時何処にいても不自然に見えぬ者でございますから……行商の者ですとか、棒手振りですとか……」

「なるほど、行商の者か。…唐辛子売りなら、できぬこともないぞ。『トントントントンとうがらし〜ッ』だろ？」

「いえ、唐辛子売りは、些か人目につきすぎますので……」

寺島は慌てて首を振る。

真っ赤な張り子の唐辛子の中に売り物の七味唐辛子を入れ、

「ピリリと辛いは山椒の粉……」

などと、派手な口上を述べながら、町中を練り歩く唐辛子売りは、密偵には全く向かない。

「では、なにがよい？」

「なにがと言われましても……」

かつて、生まれてはじめて怖い、と感じた男の瞳にじっと見据えられてしまうと、寺島も弱い。

なにしろ、十八で鉄砲組に入隊してから丸一年のあいだは、なにもかも、手取り足取り教えてくれた人だ。正直、兄の如く慕ったこともあった。

　そもそも、側室（そくしつ）の子として複雑な環境で生い育った寺島に、実の兄と親しく馴染んだ思い出などない。馴染むどころか、幼い頃から蔑（さげす）まれてきた兄に対しては、なんの感情もなかった。

　兄が急逝し、幼すぎる甥（おい）に代わって寺島の家督を継ぐことになったときも、それは同様であった。肉親から愛された記憶もなく、自らも肉親を愛した覚えのない人間など、所詮そんなものだ。淡々と、自らの生まれ持った運命を受け入れていたにすぎない。

　だが、そんな寺島も、鉄砲組の先輩である樫山と出会ってからは多少変わった。

　少なくとも、人と人との間柄は、ほんの僅かの信頼によって成り立つものだということを知った。それまで、誰も信じたことのなかった寺島が、あるときから、樫山謙士郎という男を信頼するようになったのだ。

　それ故に、いまの寺島がある。

　その後剣崎鉄三郎という唯一無二の存在に出会い、筧篤次郎や丸山善兵衛（まるやまぜんべえ）といった仲間たちに出会った。すべては、樫山との出会いがあればこそのことだ。

「なあ、ゆき」

　その樫山から、当時と同じ目で見つめられ、寺島は戸惑った。

「ゆき」という呼び方にも居心地の悪さを覚えるのは、それによって、当時の気持ちが甦ってしまうためだ。

「俺はどうすればよい？」

「そうですねぇ……」

寺島はしばし考え込んだ。

止めて止まる相手でないことはわかっている。ならばせめて、邪魔をされない手立てを講じねばならない。

思案の果てに、

「それでは、俳諧（はいかい）の師匠…宗匠（そうしょう）と、その弟子、というのはいかがでしょう？」

遠慮がちに口にすると、

「なに、俳諧の師匠だと！　それに、その弟子、というのはなんだ？」

樫山は忽ち顔色を変えた。

「俺は、どっちの役なんだ？」

「か、樫山様が宗匠の役で、私がその弟子に扮（ふん）します」

寺島が慌てて言い募ると、

「ふ…む」

今度は樫山のほうが小難しい顔つきで考え込む。

「しかし俺は、誹諧など嗜んだことはないぞ」

「よいのです、嗜んだことなどなくても」

「だが、それでは――」

「よいのです、それらしい格好さえしていれば。誹諧の師弟であれば、市中をフラフラしているような閑人に相応しいので、誰からも怪しまれません」

「そうなのか？」

「はい」

寺島の剣幕に気圧される、遠慮がちに問い返す樫山に、寺島は大きく頷いた。

（宗匠らしく見える装束を、損料屋ででも借りねばならんな。目立たぬ地味な衣裳は、芝居小屋にはないだろう）

頷きつつ、その心中は依然として複雑であった。

四

「剣崎、ちょっと、よいか――」

ふと呼び止められ、鉄三郎は、組頭の森山孝盛の居間に誘われた。

それも、役宅ではなく、私邸のほうの居間である。もとより、いやな予感しかしていない。

仕方なく居間に入り、着座すると、

「このところ、江戸は閑かなようじゃのう」

奥方が茶を運んでくるのも待たず、森山は勝手に喋りはじめる。

「それもこれも、そのほうらの働きのおかげじゃのう」

静かな口調の森山は些か厄介だ。

とんでもございませぬ、江戸にはまだまだ凶賊どもが屯してございます、と喉元から出かかる言葉を、鉄三郎は間際で呑み込んだ。

兎に角いまは、森山の用件を早く知りたい。

「そちが見事山賀を討ち果たしたおかけで、《雲竜党》も根絶やしとなった」

「根絶やしになったかどうか、未だ定かではございませぬ」

注意深く、鉄三郎は言葉を返す。

「謙遜するな、剣崎」

だが森山は、屈託のない笑顔を見せて言い、益々鉄三郎を不安にさせる。

「現に、あれから、市中で《雲竜党》の噂を聞くこともなくなったではないか」

「再び、地方へ散っただけかもしれませぬ」

「だとしても、山賀ほどの知恵者を失ったのだ。所詮烏合の衆にすぎん。最早恐れるに足りぬわ。……現に、山賀の死後、何の動きもないのであろう？」

「それは…そうですが」

「ならば、よいではないか。《雲竜党》は、頼みの軍師を失い、四散したのじゃ」

「しかし、四散したということは、再び参集することもあり得ます」

　という鉄三郎の言葉に、だが森山は応えなかった。

「失礼いたします」

　ちょうど、茶菓を携えた森山の奥方・綾乃が、縹色の着物の裾を引きながら部屋に入ってきたのである。

「どうぞ——」

　屈み込んで茶菓を置く際、綾乃はチラッと目を上げて鉄三郎の顔を見た。勿論、見た、ということを相手に気取らせぬほど、ほんの束の間のことである。

「恐れ入ります」

　鉄三郎は軽く頭を下げ、茶碗を手に取る。

口をつけるまでもなく、茶碗からは、仄かに白粉と香の匂いがした。それが、綾乃が日頃身につけている白檀の匂い袋の香りであることを、鉄三郎は知っている。

《鉄輪》の敏吉一味による森山邸侵入・籠城の際、鉄三郎は自ら人質となり、先に捕らわれていた森山の家族と狭い一室にいた。少し離れた場所からでも、汗臭く生臭い野郎どもの体臭にかき消されることなく漂う微かな芳香は、鉄三郎の鋭敏な鼻腔に届いた。

「気が利かぬな。こういうときは酒肴を出すものだぞ」

「これは失礼いたしました。…た、ただいま、すぐに、お持ちいたします」

森山に指摘されると、綾乃は忽ち顔色を変え、慌てて腰をあげかけるので、

「いえ、まだお役目が残っておりますので、どうかその儀は――」

鉄三郎も慌てて声をかけた。

「よいではないか、少しくらいなら」

「いえ、まだ陽も高いこのような時刻から、とんでもございませぬ」

鉄三郎は断固として言い放ち、

「そうか。…では、仕方ないのう。剣崎の気が変わったときはまた呼ぶ故、下がっていよ、綾乃」

「はい」

　小さく頷いて綾乃は去った。

　人質籠城の折以来、鉄三郎に対する彼女の視線が不思議な熱を帯びていることには薄々気づいている。気づいてはいるが、そこは貞淑な武家の妻女のことである。視線以外に、あからさまな好意を示す術（すべ）を知らない。それ故鉄三郎は、気づかぬふりを装っていればいい。

　綾乃が去ってから、森山はしばし沈黙した。

（なんだ？　酒を断ったから、気分を害されたか？）

　鉄三郎は疑うが、森山孝盛という人物が、それほど単純で底の浅い人間ではない、ということも、承知している。それ故じっと、待ち続けた。無言のときが過ぎたところで、森山のほうから口を開いてくれるときを――。

「ときに剣崎――」

　森山は唐突に口を開いた。

　沈黙に耐えかねたのであろう。

「そちの存じ寄りに、樫山謙士郎という者がおるか？」

　思いがけぬ問いだった。

「はい」

鉄三郎は短く答えた。もとより、眉一つ動かしはしない。思いがけぬ名が森山の口から出た、という以外、動揺する理由がない。

「樫山謙士郎は、それがしの幼馴染みであり、剣の同門でございます」

「一刀流か？」

森山の問いは続く。

「はい。同じ組屋敷にて育ちましたので、最も近い本所亀沢町(ほんじょかめざわちょう)の道場に通いました」

謙士郎とともにはじめて通ったのは一刀流の道場であったが、免許を得、先手組で働くようになってからは、暇さえあれば他の流派の道場にも通った。それ故鉄三郎は、一刀流以外のいくつかの流派でも、軽く目録程度は許されている。

「いまでも、親交はあるのか？」

「はい？」

「その、樫山謙士郎と――」

「謙士郎が京都町奉行所の与力となり、江戸を去りましてからは、殆(ほとん)ど便りも交わしておりませぬ」

「まことに？」

森山は真顔で念を押してくる。

「…………」

「まことに、親交はないのか？」

「何故それを、お頭がお気になされます？」

思いきって、鉄三郎は問い返した。

「え？」

森山は戸惑った。ここだ、と思い、鉄三郎は更に畳み掛ける。

「それがしと謙士郎のあいだに親交があるかないかを、何故お頭が気にされるのです？」

「…………」

「そもそも、それがしが、かれこれ十年以上も会うておらぬ幼馴染みの名を、何故お頭が存じておられるのか、それをお聞かせいただきたく存じます」

「…………」

獲物を狙う鷹(たか)の如き鉄三郎の瞳で真っ正面から見据えられ、森山は絶句したままだ。

何度か酒を汲んだりもして、当初よりは幾分馴れてきたというものの、森山はまだ多少鉄三郎が怖い。ましてや、そんな目でじっと見据えられるほど、居心地の悪いことはなかった。

「待て、剣崎、儂は別に、そちを責めているわけではないぞ。ただ、訊ねておるだけではないか」

「それ故、何故お頭が、樫山謙士郎の名を――」

「では、言おう、剣崎――」

宥める口調で言い聞かせても一向に鋒をおさめようとせぬ鉄三郎に根負けし、遂に森山は、その重い口を開いた。

「その、樫山謙士郎なる者は、日頃から素行不良にして、それを注意した西町奉行の三浦伊勢守様に狼藉をはたらいた上、あろうことか、奉行所の金を盗んで逐電したそうだ」

「え?」

鉄三郎はさすがに絶句するしかない。

「本日、極秘裏の回状がまわってきたのだ」

「回状が?」

「それで、樫山という男の経歴を調べたところ、そちと同じ先手組の組屋敷で生まれ育ったというから、もしや顔見知りではないかと思うて、訊ねたまでだ。……幼馴染みで剣の同門だと言うなら、親しい間柄と思うのは当然であろう」

「…………」

「いまでも親交があるなら、そちを訪ねて来ぬとも限るまい」

「ま…さか」

鉄三郎には、しぼり出すような声音を発するのが、やっとだった。

（まさか、謙士郎が……）

そんなことをするわけがない、という意味の「まさか」だったが、森山には別の意味に聞こえたことだろう。それ故、

「聞け、剣崎」

鉄三郎の心の叫びに応えるかのように、強い語調になり、

「伊勢守様としては、身内の恥故、大事にはしたくないとの仰せだ」

鉄三郎が望みもしない情報を与えてきた。

「…………」

「それ故、樫山には追っ手は出さぬ、できれば自らを悔いてほしい、とのことだ。持ち去った金も、長年の勤めに報いるものとしてさし与えるという有り難い仰せなのだ」

「…………」

「剣崎、まさかそのほう、樫山を密かに匿ったりはしていまいな？」

問われて、鉄三郎はつと思い返した。

（もし、本当に悪事を成した末に逐電したのであれば、謙士郎は俺のところには顔を見せなかった筈だ）

そう思うと、鉄三郎には忽ち強気が甦る。

「お頭は、何故そう思われます？」

強い視線で森山を見返しつつ、鉄三郎は問い返した。

「え？」

その視線の強さに、森山は再び戸惑った。

「十年以上も音信不通であった樫山謙士郎が、何故それがしのもとに身を寄せてくると思われるのです？　もし仮に、それがしがなにか不都合を起こして職を辞し、住み慣れた土地を去ることになったとしても、逐電して幼馴染みを頼るなどという不様な真似は金輪際いたしませぬ」

「…………」

「しかるに、何故お頭は、そのように思われたのでございます？」

鉄三郎は更に追い討ちをかける。即ち、剣の立ち合いと同じだ。僅かでも間合いに入られては、忽ち不利になる。逆に、間合いに詰め寄った、と思うときは、どこまでも躙り寄り、攻撃を仕掛ける。

「何故というて……他に頼る者がなければ、そう思うのが当然ではないか。…別に、他意などないわ」

交々と述べつつ、森山は次第に腹が立ってきた。自分はなにも悪いことはしていない。ただ、遙々京からもたらされた報せに対して、できる限り誠実に対応しようと思っただけのことだ。部下に対して、その旧友のことを訊ねるのが、そんなに悪いことなのか。

「そのほうらの如き、立派な覚悟のある武士と違い、儂のような凡夫は、窮した際には、旧知の者を頼ろうと思うてしまうものなのでな。……悪かったのう、見当違いの質問をして――」

「いえ――」

鉄三郎は目を伏せ、怒りに激する森山の言葉を聞き流した。どうやら森山を本気で怒らせてしまったのは、鉄三郎にとって全く計算外の出来事だった。それ故、

「もう、よろしゅうございますか、お頭？」

目を伏せたままで、鉄三郎は問うた。

「………」

森山は当然言葉を失った。

無礼な物言いでこれほど自分を不快にさせておきながら、それについては詫びの一言もない。

「そろそろ、お役目に戻りたいと存じます」

「え？」

森山は更に混乱する。

「おい、剣崎――」

「万一、樫山謙士郎がそれがしを訪ねてまいりました際には、必ずお頭にお報せいたします」

恭（うやうや）しく頭を下げながら鉄三郎は言い、

「それでは――」

言い終えるや否や、森山の許しも得ずに腰を上げる。

「お、おい、待て、剣崎――」

戸惑いつつも、森山は呼び止めるが、鉄三郎はそのまま腰を上げて一礼し、勝手に森山の部屋を辞去した。

（あやつにとって、儂は上司ではないのか？）

あとには、森山の、やりきれぬ思いだけが残る。

五

その日勤めを終えた鉄三郎が帰宅すると、今にも泣き出しそうな風情(ふぜい)の寺島が、門前で彼を待っていた。

「お頭――」

「いいから、入れ」

鉄三郎の顔を見るなりなにか言いかける寺島を、問答無用で家の中へ誘(いざな)った。

日頃冷静な寺島のそんな顔を見れば、余程重大な事態が出来(しゅったい)したことは容易に知れる。だとするならば、そんな大問題を、門前で軽々しく喋らせるわけにはいかない。

「どうした、《姫》？」

「樫山様が、姿を消しました」

居間で対座するなり問う鉄三郎に、ガックリと項垂(うなだ)れながら寺島は答えた。

「なに？」

「密偵の一人から、吉原の切見世に、数日前から逗留してる客がいて、どうも上方から来た訳ありの奴らしい、という報告があったのです。それで、様子を見に行くことになり……いつものように、閑人の宗匠とその弟子を装って出かけたのですが……途中で、樫山さまが、喉が渇いたから茶屋に寄ろう、と仰せられ、それで、深川不動門前の茶屋で暫時休息したのでございます。樫山様は、厠へ行くと仰せられたきり半刻しても戻られず、不審に思って様子を見に行きますと、姿を消しておられました」

「………」

「申し訳ございませぬッ」

事の次第を告げ終えると、寺島は直ちに平伏した。

「私がついていながら……」

その背が、微かに震えている。

「待て、《姫》、その前に、謙士郎が姿を消したと思ったあと、お前はなにをした？」

あっさり泣きを入れようとする部下に、だがそれを許さず、厳しい口調で鉄三郎は問う。

「お前のことだ。なにもしなかった筈がないな？」

「…………」

　なにもかもお見通しな鉄三郎の口調に一瞬間絶句してから、

「とりあえず、密偵が探り出した吉原の切見世に行ってみました」

　観念したように、寺島は応える。

「それで？」

「既に、その者は見世を発ちましたあとで、本当に《黒夜叉》の隆蔵だったかどうかは、わかりません」

「ならば、よい」

「え？」

「もう、この件は忘れよ、《姫》」

「そ、それは、一体……」

「もう、よいのだ」

「ですが、樫山様は……」

「謙士郎は、お前を偽り、自ら姿を消した。そのような者のことを、案じる必要はない」

「しかし、お頭、もし自ら姿を消したわけではなく、何者かによって連れ去られるか、なにか事件に巻き込まれたということも考えられます」

「あり得ぬ」

鉄三郎は断じた。

「謙士郎ほどの腕がありながら、他者によってその身を拘束されるなど、到底あり得ぬ」

「ですが……」

「考えられるとすれば、奴は既に何処かで殺されている、ということだけだ」

「まさか……」

寺島は茫然と口走り、祈るような目で鉄三郎を見た。

「俺もまさかと思いたい。だが、この件は、これで終(しま)いだ、《姫》。明日からは常の務めに戻り、謙士郎のことは忘れるのだ」

「は…い」

「よいな？」

声を震わせ、怯(おび)えた目で鉄三郎を見返す寺島に、鉄三郎は強く念を押した。

「間違っても、謙士郎を捜そうなどとは考えるでないぞ」

「………」

「奴が江戸に来たということも、まことしやかに我らに語ったその理由も、できれば忘れろ。奴にかかわったこの数日のあいだのことはすべて忘れるのだ」

「お頭……」

「よいな？」

再度念を押されて、

「はい」

寺島はその目を真っ直ぐ見返し、短く応じた。

謙士郎とのつきあいの長さ、深さでいえば、鉄三郎には到底及ばない。ともに同じ剣の道を歩み、最も多感であった頃に十数年のときを過ごした鉄三郎が、「忘れろ」と言うからには、屹度(きっと)そう言うだけの理由があるのだ。それがなんなのかを詮索することは、寺島にとって、唯一無二の存在である鉄三郎を蔑(ないがし)ろにするおこないだ。そんな真似は、断じてできない。

「忘れます」

「それでいい」

葛藤の末、爽やかに述べられた寺島の言葉に、鉄三郎は満足した。

謙士郎と旧知であったことは想定外だったが、今回声をかけたのが寺島でよかった、と心の底から思ったことだった。

第二章　新たなる敵

一

《雲竜党》軍師・山賀三重蔵の死後、確かに一味は、すっかりなりを潜めていた。

「頭がいなくなりゃあ、所詮烏合の衆よ」

江戸でも大多数の者が皆、森山と同じ考えのようであった。

頼みの山賀がいなくなったため、蹶起して江戸に攻め込む計画は当然頓挫し、そのまま立ち消えとなった。遺された者たちは、ただ盗みを生業とする鼠賊に過ぎず、火盗改の目が光っているいまの江戸ではその生業さえもままならないため、皆、地方へ散った。

近頃江戸で《雲竜党》の噂が全く聞かれなくなった理由を、少なくとも、世間ではそうとらえている。

だが、鉄三郎には、そうは思えなかった。

(山賀ほどの知恵者が、あとに遺される者たちになんの指図もしていないということがあろうか)

とも思うし、それ以前に、

(あのとき、花川戸の空き家で俺に斬られた男が、本当に山賀だったのか?)

という疑いが、どうしても拭い去れない。

何故なら、それまでは慎重の上にも慎重を期し、鉄三郎ら火盗改は言うに及ばず、味方である一味の者の前にすら、殆ど姿を見せたことのなかった山賀が、あの日易々と鉄三郎の前に姿を現したということが、そもそも信じられなかった。

火盗改を攪乱するという目的のためであれ、全く別の一味の中心人物である《黒須》の勘吉の前に姿を現したと聞いたときから、鉄三郎は山賀の行動に疑問を抱いている。

姿を見せぬことで神秘性を高め、部下たちを掌握してきた山賀なのではないか。

それ故、

(あれは、山賀ではなかったのかもしれない)

という思いが、どうしても拭えなかった。

(死んだことにすれば、なにかと都合がよい。少なくとも、我らは油断する。……一旦身を潜めて、いつか再び蹶起するつもりではないのか。現に、一説には数百ともいわれる《雲竜党》の者共は誰一人お縄になってはいないのだ)

それが、鉄三郎の下した結論だった。

なにも、変わってはいない。

仮に、鉄三郎があの日斬った男が本物の山賀三重蔵だとしても、山賀一人が死んだことで、《雲竜党》そのものが壊滅的打撃を受けたわけではないのだ。

山賀三重蔵を名乗る男を斬ってからこの数ヶ月のあいだ、鉄三郎は常にそのことばかりを考え続けている。

地方へ散った《雲竜党》の残党が、諸処において、どんな悪事を働かぬとも限らない。いや、追い込まれた極悪人であれば、己が生きるために、無辜の命をいくらでも犠牲にするであろう。

一味を根絶やしにする前に、なまじ頭を消してしまうとは、最悪の幕引きをしてしまったのではないか。江戸さえ無事であれば、他の土地はどうなってもよいのか。

鉄三郎が、さまざまに懊悩している最中に、謙士郎が来た。

旧友の顔を見た瞬間に、何故か自分は、間違っていなかったのではないか、と思ってしまった。なんの根拠もないのに——。

「《黒夜叉》の隆蔵を追ってきた」

と聞いたときは、不覚にも泣きそうになった。

長らく離れていたが、謙士郎も、同じような志(こころざし)でいた。同じように、悪党を追いつめ、根絶やしにしたい、という思いで長年務めてきたのだ。

それがあまりにも嬉しすぎて、おそらく鉄三郎はさまざまなことに、目が行き届かなかったのだろう。

謙士郎は、訪ねてきたその日以来数日のあいだ、剣崎家に逗留していた。逗留中の行動については、寺島に任せきりであったが、寺島ならば間違いはあるまい、と信頼してのことである。

だが、謙士郎と寺島が旧知の仲だったというところに、鉄三郎の誤算があった。なまじ謙士郎を知る寺島であったからこそ、思わぬ油断が生じた。いつもの寺島であれば、謙士郎の行動に不審な点が見られた時点でなにかに気づいた筈だ。突然姿を消すまで何一つ気づかなかったのは、謙士郎に対する信頼のあらわれであった。

(二人が旧知とわかった時点で、別の者に頼むべきだった)

鉄三郎は後悔したが、真に後悔すべきはそんなことではないという点にも、無論彼は気づいている。

そもそも、最初から鉄三郎自身が注意深く謙士郎を監視していれば、避けられたかもしれぬ事態であった。

それを怠ったのは、鉄三郎自身が、謙士郎と向き合うことを避けたかったからにほかならない。

十年以上ぶりの友が突然姿を見せたときから、鉄三郎にはうっすら察するものがあった筈だ。だが、敢えて目を背けた。気づくのがいやで、見ないふりをした。

(京都町奉行所からの回状の話、寺島にするべきだったかな)

なにも告げず、ただ謙士郎のことは忘れろ、と命じてしまったことを、鉄三郎は後悔した。話してみれば、寺島には寺島の見解があったかもしれない。

(いや、矢張り、厄介な問題を、部下にまで背負わせるわけにはゆかぬ)

鉄三郎は己に強く言い聞かせた。

森山から告げられたことが真実であるか、或いは謙士郎が自分に語った言葉が真実なのか。どちらにしても、鉄三郎にはそれを確かめる必要がある。

突然姿を消した謙士郎の足跡を追うのは、友である自分の務めだ、と鉄三郎は固く信じていた。

翌日鉄三郎は森山宛に休みの届けを出し、日本橋の米問屋・加賀屋を訪ねた。

加賀屋の主人は、士分を捨てて婿入りした謙士郎の弟・新次郎である。元々仲の悪い兄弟ではあったが、それでも、両親亡き後は唯一の血縁者である。或いは、なんらかの接触があったかもしれない。

「これは、剣崎様――」

四十を過ぎてすっかり中年太りした新次郎は、鉄三郎の顔を一瞥するなり、あからさまに迷惑そうな表情を浮かべた。使用人たちの手前もあり、武家の頃の知人に訪問されるのは迷惑なのだろう。

「お久しゅうございます。お勤めも、ご苦労様でございます」

それでも、いつ世話になるかわからぬ火盗改の与力に、無礼があってはならないと思い返したか。すぐに商売用の愛想笑いを満面に滲ませ、鉄三郎を奥の座敷に通してくれた。

「新次郎殿にもお変わりなく、店も繁盛しているようで、なによりでござる」

愛想笑いに愛想笑いを返しながら鉄三郎は言い、じっと新次郎を観察した。

幼い頃から、兄とは正反対の気質で、それ故道場にも殆ど通っていなかったから、鉄三郎も、実はあまり馴染んだ記憶がない。大嫌いな兄の親友である鉄三郎のことを、新次郎のほうでは、おそらくよく思ってはいないだろう。愛想笑いの奥に隠された彼の目が僅かも笑っていないことに、無論鉄三郎は気づいている。

元々うろ覚えでしかなかった人間の顔が、歳月を経て、いまは別人の如く変貌している。それ故目の前にいる商家の主人は、鉄三郎にとって、初対面にも等しい存在であった。

「新次郎殿の代になってから、更に店を大きくされた、と聞いている」

初対面の商家の主人に向かって、鉄三郎は徐に口を開く。

仕事柄、商家の主人と言葉を交わすことは少なくない。旧友の弟というより、そういう者たちの一人だと思うほうがずっと気が楽だ。

「しかし、斯様に繁盛しているお店は、当然盗賊から目をつけられる」

「え？」

穏やかならぬ鉄三郎の言葉に、新次郎はさすがに顔色を変える。

「盗賊の手口は実に様々でな。引き込み、と呼ばれる手先を、狙ったお店に使用人として潜り込ませ、押し込みの際に中から戸を開けさせる。開けさせて押し入り、家族も家人も皆殺しにし、家財を根刮(ねこそ)ぎ奪う。このやり方をされると、実は我ら火盗も、お手上げなのだ」

「そ、それは……」

「皆殺しであるということは、一人の生き証人もいない、ということだ。つまり、なんの手がかりもない、ということになる。探索は困難になる。……もとより、押し込みを働く前に一味の隠れ家を探り当て、一網打尽にできれば、それに越したことはないのだがな」

新次郎の反応をそれとなく確かめつつ、鉄三郎は言葉を継(つ)ぐ。

「しかし、我らが如何に奔走しようと、押し込みが、起こるときには起こってしまう。江戸に潜む盗賊すべてに目を光らせることは不可能だ」

「そ、そんな…それでは我らは一体どうすれば……」

「それ故、我ら火盗も、盗賊が目を付けそうなめぼしいお店をまわっては、襲撃を未然に防ぐ手立てを教授しているのだ」

「そ…そうだったのですか」

鉄三郎の狙いどおり、新次郎は忽(たちま)ち食いついてきた。

武士の身分を捨てて婿入りし、大切に護ってきたお店である。むざむざ盗賊の餌食になどなりたくはない。

「先ず、引き込みの者を家に入れないためには、新しく人を雇い入れる際、徹底的に身元を調べることだ。年端（としは）もゆかぬ丁稚（でっち）と雖（いえど）も、侮れぬ。丁稚ならば怪しまれぬだろうとふんで、小柄で年若く見える者を送り込んでくることがある」

「なんと、そのような者が……」

「それ故、人を雇う際は、充分にその者の身元を調べ、歴とした身元引受人の証（あかし）をもらわねばならぬ。如何に馴染みの口入れ屋であっても、身元の定かならぬ者は決して雇い入れてはならぬ」

「は、はい、そういたします」

新次郎はすっかり神妙な顔つきになり、鉄三郎の言葉に素直に肯（うなず）いた。

「それから、蔵の錠前は、しばしば替えるようにすることだ。できれば月毎に変えるのが望ましい。それが無理でも、二～三ヶ月に一度は必ず替えるようにせよ。出入りの物売りなどに化けて家に入った賊の手先が、易々と型を取り、合鍵を作るのもよくあることだ」

「…………」

新次郎の顔色は既に白から青へと変わっている。

(少し、脅しすぎたかな)

内心苦笑しつつも、鉄三郎はなお言葉を継ぐ。

「錠前を何度も替えるなど、手間もかかるし無駄と思うかもしれぬがな、少しの手間と出費で、家族も家財も護られるのだ。錠前を替える手間と費用を惜しんで命も財も失ったのでは、元も子もあるまい?」

「はい」

「それにな、如何に役目柄とはいえ、我らも、いつもいつも、酷い惨劇の場に駆けつけるのは辛いものだ。……新次郎殿とは、幼少の頃より存じ寄りでもあるし、できれば、大過なく、無事に過ごして欲しいのだ」

嚙んで含めるような鉄三郎の言い様に、とどめを刺されたのだろう。

「それはつまり、当家が、賊に狙われている、ということでございますか、剣崎様ッ?」

鉄三郎の言葉が言い終わるかどうか、というところで、悲鳴にも似た声を新次郎は張りあげた。

「ああ」

すると鉄三郎はあっさり肯く。

「加賀屋ほどの大店だ。目を付けているのは、一つや二つの一味ではあるまい。…いま江戸に潜んでいるすべての盗賊から狙われている、と思ったほうがいい」

「そんな……」

「だからこうして、俺が出向いて来たのではないか。子供の頃から存じているそちを、むざむざ賊の毒牙にかけたくはないのでな」

「剣崎様……」

新次郎の目に、鉄三郎に対する心からの感謝と敬愛が滲むのを確認してから、

「ところで、そちのもとに、近頃謙士郎からなにか便りはないか？」

さり気ない口調で鉄三郎は問うた。

「は？　兄からの便り…でございますか？」

不意に兄のことを持ち出されたため、新次郎は忽ち戸惑う。

が、しばし戸惑った後、

「そんなもの、あるわけないではありませんか」

干し海鼠(なまこ)のように無感情な顔つきで素っ気なく言い捨てた。

兄の名が鉄三郎の口から出た途端のその変貌ぶりに内心当惑しながら、

「何故だ？」

厳しい口調で鉄三郎は問うた。

「この世に、たった二人の兄弟ではないのか？」

「…………」

だが新次郎は答えず、しばし沈黙のときが流れる。

「いまでも、謙士郎のことが嫌いなのか？」

重苦しい沈黙に耐えきれず、鉄三郎は更に問うた。

それまで深く面を伏せ、苦りきった表情を見せていた新次郎が、つと顔をあげ、

「ええ、大っ嫌いですよ」

最早これまで、と開き直ったように言う。

「兄は、まだ私が幼かった頃には、よく私と遊んでくれたし、幼い私が蛇や虫を怖がれば、すぐに遠ざけてくれるような、優しい兄でした。……それが、あるときから変わってしまった。あるときから、私は兄を失ったのですよ」

「…………」

思いがけぬ強い語気と勢いに圧倒され、鉄三郎はしばし口を噤む。

「道場に通うようになってからですよ、兄が変わってしまったのは。……道場に通いはじめてからというもの、兄は殆ど私とは遊んでくれなくなりました。何故だかわ

かりますか、剣崎様？」

「剣の道に、精進しはじめたからだろう」

「ええ、確かにそれもあったでしょうね。ですが、兄があれほど剣の道に没頭していったのは、貴方様の存在があったからこそ、ではありませぬか、剣崎様？」

「…………」

「貴方様と親しゅうなられてからというもの、兄はいつも貴方様とばかり親しんで……水遊びや釣りに行くのも、いつも貴方様とばかり……家では、貴方様の話ばかり聞かされました。やれ、『鉄三郎は凄い。俺より二匹も多く魚を釣った』とか、『今日は鉄三郎と三度立ち合って、三度とも負けた』とか……そんな、どうでもよい話を、延々としてくるのですよ」

　夢中でまくしたてる新次郎の言葉は、次第に哀愁を帯びてくる。

「私は、それでも、私が兄と同じ道場に通うようになれば、少しは私のことも気にかけてくれるだろうと期待していたのですよ。ところが、そもそもひ弱で、道場でも無様な姿をさらしてばかりの私のことが、疎(うと)ましかったのでしょう。『無理して、道場に通わずともよいぞ』と……暗に来るな、と言ったんです。私は、兄に捨てられたのですよッ」

「いや、それは、あの頃の新次郎は実際に体が弱く、病がちで、木刀の素振りを二十回もすれば、へたり込んで動けなくなっていたから……謙士郎は心底そなたの体を案じていたのだろう」

「だとしても……いえ、それならば尚更、実の兄であるあの人は、私を庇い、教え導くべきではなかったのですか？」

「………」

「兄に見捨てられたと思った私は、兄とは違う道に進むしかない、と決意しましたよ。兄が理想とするような武士の道は、所詮自分には縁がないのだろうと思い、専ら学問に身を入れました。それと、算術……算盤も。どうせ次男坊の私はいずれ他家の養子になるさだめ。どうせなら武士を捨て、商家の養子になってやろうと思いました。……その果てに、いまの私がいるのです。なにか、間違っておりますか、剣崎様？」

「いや……」

鉄三郎は辛うじて首を振る。

「貧乏旗本の次男坊が、養子先を見つけるのはそもそも至難の業だ。それを、己の才覚一つで勝ち取ったそなたを、謙士郎は誇らしく思っていることだろう」

「なッ——」

鉄三郎の言葉に、新次郎は絶句した。

「己と同じ道を行けば、部屋住みの廃れ者として一生を終えるしかない。だが、全く別の道を行けば、或いは生業を得て、立派に一家を為すことができるかもしれぬ、と常々言っていた」

「まさか……」

「謙士郎は、そなたにとって、優しい兄だったのだろう？　そなたの選んだ道を、間違っているなどと思うはずがないではないか」

言葉を失った新次郎に対して、ふと表情を和らげ、もの優しい口調になって鉄三郎は言った。

兄弟不仲のそもそもの原因が実は自分にあったと知らされたのは衝撃だったが、だからといってただ狼狽えているわけにはいかない。

少なくとも、わざわざ勤めを休んでまで訪れた以上、相応の収穫を得なければならないのだ。

「謙士郎から、本当に便りはなかったのか？」

「…………」

相撲取りの腹の如く肥えた両頬を、新次郎は微かにふるわせた。

「謙士郎は、既に死んでいるかもしれぬのだぞ」

「え？」

新次郎の表情が忽ち凍りつく。

「長年勤めた京都町奉行所を去り、江戸に戻ってきた。とある賊の捕縛が理由だと俺には告げたが、真偽の程はわからぬ」

鉄三郎はひと息に言い、更に言葉を継ぐ。

「父母の葬儀の後、十数年以上も江戸に寄りつかなかった謙士郎が、突然江戸に来た。なんの目的で戻ったか、せめてそれだけでも知りたいのだ」

「兄と便りを交わしたことなど、一度もございませぬ。加賀屋の養子となってからは一度も――」

苦渋に満ちた表情で新次郎は言い返したが、ふと途中で口ごもる。

「一度もございませぬが……」

「ん？　どうした？」

「私は、兄に捨てられたと思って以来、私には兄などいない。私は、はじめから商人の家に生まれた人間なのだと、ずっと己に言い聞かせてきました」

「新次郎」

「ですが……」

「兄の身を案じぬ日はありませんでした。剣崎様のおっしゃるとおり、この世にたった二人の兄弟でございます」

「ああ、さもあろう」

鉄三郎は真剣にその言葉に聞き入る。

「江戸と京とに遠く離れてからは、とりわけ……兄は、妻も娶らず、ただ一人遠く離れた地でお勤めに励んでいる。案じぬわけがありませぬ」

「それでこそ、兄弟というものだ。俺には兄弟がおらぬ故、羨ましい限りだ」

「兄が、何処とも知れぬ路上で大勢の悪漢どもと激しく斬り合い、斬り殺される悪夢を、屢々みるのでございます。その度、兄の身になにかあったのではないか、と胸を痛めます。そして、まさしく一昨日もそんな悪夢をみました」

「そ、そうか」

「ええ、私の悪夢など所詮杞憂にすぎぬことはわかっておりますよ。一刀流の使い手である兄が、そうそう容易く命を落とすことはありますまい。わかってはおりますが、矢張り案じてしまうのですよ。……しかし昨日は、そんなことを案じているところへ、当の兄が現れました」

「なに！」

鉄三郎は忽ち顔色を変える。

「謙士郎が、ここへ来たのか？」

「はい」

新次郎は即座に肯いた。肯いたその顔には、何故だか幸せそうな笑みが滲んでいる。

「そ、それで？」

「二十年以上もまともに口もきいていない弟の婿入り先に突然現れるなど、勝手な兄です。しかも、私の顔を見るなり、『今生の別れになるかもしれぬ故』などと言うのですよ」

口辺に、緩い笑みを滲ませたままで新次郎は言葉を継いだ。

「なんの冗談かと思いましたが、本日は剣崎様がいらして、兄は既に死んでいるかもしれぬとの仰せ……されば昨日現れた兄は、幽霊であったかもしれませぬなぁ」

魂の抜けたような顔つきで口走るなり、新次郎はそのまま意識を失い、力なく背後へ倒れていった。

「新次郎ッ」

呼びかけざま、鉄三郎は咄嗟に腕を伸ばして抱き起こそうとしたが、予想以上の重みで、上手く起こすことができなかった。

「誰かッ」

仕方なく、声を上げて家人を呼んだ。

「誰かおらぬかぁッ！　主人が倒れたぞ」

すぐに、新次郎の女房と思われる四十がらみの女と、番頭と思われる五十がらみで鬢の薄くなった男が駆けつけてきた。火盗改の与力が主人となんの話をしているのだろうと気にかけ、隣室で盗み聞きしていたに違いなかった。

二

「おい、ゆきの字」

ゾッとするほど低い声音で、不意に筧から呼び止められた。

いつものように、勤めのあと《よし銀》で飲んだ帰りのことである。

「なんですか？」

（遂に来たか）

という内心の動揺をひた隠しつつ、いつもと変わらぬ声音で寺島は問い返す。

「お前、なんか俺に隠してるよな?」

「………」

問い返したり、変に誤魔化したりはせず、寺島は寛の言葉を黙殺した。

(この人の勘の鋭さは、鬼神を通り越して魔物並だな)

内心激しく戦慄しつつも、寺島は平静を装う。

元々、己の心をひた隠すことには慣れた寺島だ。本心を見抜かれたことなど殆どないが、その数少ない経験の大半が、寛であった。

(ったく……)

心中激しく舌打ちしたのは、寛の追及がそう簡単には終わらぬことを承知するが故だ。

「誤魔化そうったって、そうはいかねえぞ」

何気なく歩き出したが執拗に絡まれる。

「お頭と二人で、なにコソコソやってたんだよ、え?」

(そこまで見抜いてんのか)

寺島は観念した。

確かに、一度寛に疑念を抱かれた以上、誤魔化すことはほぼ不可能だ。

「仕方ありませんね」

遂に観念した、という口調で寺島はゆっくりと口を開く。

「篤兄は、どう思います？」

「え？」

「《黒夜叉》の隆蔵のことですよ？」

「え？　な、なんだ？……《黒夜叉》の？」

唐突に耳慣れぬ名を聞かされて、篔は忽ち戸惑った。

「だ、誰だよ、そいつは？」

「上方で暴れてた盗賊ですよ。どうやら、近頃江戸に入ってきたらしいんです」

「なんだと？」

「《黒夜叉》の隆蔵は、上方ではかなり名の知れた盗賊の頭なんですが、押し込みの度に一家を皆殺しにすることで知られた、残虐無比（ざんぎゃくむひ）の大悪人だそうです」

「な、なんだと！　そんな悪党が江戸に入ってきやがったのかぁ？」

篔は即ち激昂する。

すべて寺島の思惑どおりだ。

「私は、偶然知人から聞かされて知ったのですが、もしお頭もこのことをご存知だとすれば、当然そいつを捕らえようとなさいますよね」

「あ、ああ、まあ、そうなるよな。……お、お頭なら、そんな悪党、絶対に許すわけがねえからな」

戸惑いながらも、寛は寺島に同意する。

「そうですよねぇ？」

と自問するように言い、だが、

「ああ、だからなのかなぁ」

寺島は思わせぶりに言葉を止め、考え込む素振りをする。

「ん？　なんだよ？」

「そんな大物が江戸にいると知りながら、何故お頭は我らに隆蔵の探索をお命じにならないのでしょう？　妙だと思いませんか？」

「そういえば、そうだな。……俺たちいまんところ、急いで追わなきゃならねえ賊もいねえもんな」

「だとすると、お頭が我らにお命じにならないのは、そうしたくない理由があるからだ、とは思いませんか、篤兄？」

「え？　なんでだよ？」

「そんなこと、わかりませんよ。私はお頭じゃないんだから」

「…………」

筧は即ち絶句し、寺島も一旦口を噤む。

そして一頻り考え事をする芝居をしてから、徐に口を開いた。

「ただ――」

「なんだよ？」

筧は瞬時に食い付く。

「考えられることがあるとすれば、なにか余程、深い因縁とか曰くがあるのかもしれません」

「因縁？」

「お頭と、《黒夜叉》の隆蔵とのあいだにですよ」

「ど、どんな因縁だよ？」

筧は忽ち顔色を変えて寺島に詰め寄る。

「それはわかりませんけど。……そもそも、私の勝手な想像ですし……」

「ふ…うん」

これには筧も考え込んだ。

「直接お頭に訊いてみますか？」

「ば、馬鹿、聞けるわけねえだろうが」

真っ赤になって、筧は言い返した。

「お頭が、俺たちに隠してることを、なんで面と向かって聞けるんだよ。…ゆきの字、てめえ、見かけによらず無神経な野郎だな」

「………」

寺島は気まずげに黙り込む。

筧の、鉄三郎を敬愛する気持ちは、子が親を、或いは弟が兄を尊崇するというより、飼い犬が一途に主人を慕うものに近い。犬は見返りも求めず一心に主人に尽くすが、主人の気持ちを忖度しようなどとは思わない。

「お頭がなにも言ってくれねえのは、言いたくねえからだ。それをこっちから訊くなんざ、出しゃばりもいいとこだぜ」

単純な男だが、それだけ直ぐな心の持ち主なのだ。

そんな筧の純真を利用するのは内心気がひけるというものの、ここは巧く締めておかねばならない。

「そうですね。…我らのほうからお頭に訊ねるなんて、僭越の極みですね」

「それに、上方から来た盗賊ですよ。京か大坂の町奉行所からも、捕り方が遣わされてるかもしれません。もしそうなら、迂闊(うかつ)に手出しできませんしね」

「お、おう、そのとおりよ」

「そ、そうなのか？」

「そうですよ」

可愛いくらい寺島の思惑どおりに考え込む筧に、寺島はゆっくりと肯いた。

「そうじゃなきゃ、仮にお頭と《黒夜叉》のあいだになにか因縁があるにしても、そんなことお構いなしで、いますぐにでも、《黒夜叉》を捕縛したいじゃありませんか」

「お、おう、そのとおりだ」

筧は力強く同意するが、

「で、篤兄はどう思います？」

「え？」

問い返されると、忽ち戸惑う。

「な、なにをだよ？」

「ですから、お頭から命じられてもいないのに、《黒夜叉》の隆蔵を追うべきか、それとも、素知らぬふりをするべきか。……どう思います？」

「…………」

喉元に切っ尖を突き付けられたような表情で、筧は言葉を失った。

「ねぇ、篤兄？」

「そ、それは……」

問い詰められて、筧は口ごもるしかない。

なにか、おかしい。

何処かで、何かがすり替わっている。そんな気がする。そんな違和感を覚えつつも、それが具体的になんなのかを指摘するだけの語彙力が筧にはなかった。

それ故茫然と寺島の言葉を聞き流したあとで、

「まあ、それは明日考えよう」

とにかく一時凌ぎの返答をして、自ら寺島に別れを告げた。

（大丈夫かな？）

寺島は密かに案じたが、仮にこれで筧を丸め込むことができなかったとしても仕方ない、という覚悟はあった。

樫山謙士郎が、忽然と自分の前から姿を消したことを、鉄三郎からは、「忘れろ」と命じられた。鉄三郎から命じられた以上、そうするべきなのだということは承知し

ている。だが、

(できない)

寺島の心は、そのとき激しく首を振っていた。

(できるわけがない)

つい寸刻前まで自分の側にいて、同じ一つの目的のために行動しているとばかり思っていた男が、忽然と姿を消したのだ。しかも、満更知らぬ相手ではない。納得できるわけがなかった。それ故、成すべき事は成さねばならない。

たとえ鉄三郎の命に背くことになっても、一人で謙士郎の行方を捜すつもりであった。

三

役宅を出たときから、勿論尾行には気づいていた。が、

(どうやら殺気はないようだ)

と判断して、鉄三郎は黙殺した。

殺気のない尾行者の目的は一つだ。即ち、鉄三郎の行動を監視しているにすぎない。

監視者の正体についても、見当はついていた。

(大方、森山様の手の者だろう)

思いつつ、鉄三郎は同時に嘆息する。

謙士郎の不祥事について、京都町奉行から回状がきたことで、森山孝盛はかなり焦っている。

鉄三郎と謙士郎が旧知の仲と知り、一層狼狽えているのだろう。鉄三郎が謙士郎を匿っているのではないか、と疑い、その疑い故に鉄三郎を探らせている。

(森山様は仕方ない)

鉄三郎はある程度諦めている。

組頭の森山が、自分を疑うのは仕方ない。森山は所詮、現場を知らぬ組頭だ。現場を知らぬが故に、なにかあればすぐに疑念を抱き、我が身を案じる。どうしても、部下に全幅の信頼を寄せることができない。

(若い頃から、学問ばかりなさっていたせいだろう。楚の項羽は、『文字など、己の名が書ければそれで充分だ』と言ったそうだが、一理ある。武士というものは、必要以上の知恵や知識を身につけるべきではないのかもしれない。なまじ知恵や知識があるがために、余計な迷いが生じるのだ)

鉄三郎とて、武士の素養の一つとされる四書五経からはじまり、ひととおりの書物は読んだ。それ故、なにか重大な決断を下す際、それらの書物から得た知識が参考となることもあれば、なまじの知識故に迷うこともある。

だが、おそらく『論語』ですらもまともに学んではいないであろう筧篤次郎という男の行動にはおよそ迷いがない。ただ上司である鉄三郎のみを絶対の存在とし、一途に信頼し、その命には盲目的に従う。

そこには僅かの迷いもない。ときに羨ましく思うことさえあるほどだ。

だが、少なくとも、鉄三郎の三倍以上は書物を読んでいるであろう森山は、その知識故に、本来悩まずともよいような些細なことにでも気を病み、深く悩んでしまうのだろう。

（とはいえ、あまりにものを知らぬのも困りものだがな）

日頃の筧の言動がふと頭を過り、思わず苦笑しかけたとき、だが鉄三郎はつと我に返って身を強張らせた。

無意識の緊張が全身に漲り、咄嗟に鯉口を切りそうになるのを辛うじて堪える。

殺気のない尾行者の気配がいつのまにか消えて、明らかな殺気が鉄三郎に迫っていた。最前とは別人――全く別の尾行者が鉄三郎を追っている。

(まずいな)

鉄三郎は忽ちいやな予感に襲われる。

森山から命じられて鉄三郎を尾行(つ)けていた者ではなく、全くの別人が彼を追って来ているとしたら、森山の手の者は一体何処へ行ったのか。

(或いは、いま俺を尾行けている奴に斬られたか? だとしたら、不憫(ふびん)なことだ)

鉄三郎の心は少しく痛んだが、暗殺者の心に良心などは存在しない。目的を遂げるためなら、本来の標的でもない、罪もない者の命を平気で奪う。

森山が鉄三郎の監視を命じるとしたら、それは火盗の与力や同心ではなく、おそらく森山の側近くに仕える用人の誰かだろう。極秘の任務を与えるほど、森山は火盗改の者を信用してはいないからだ。森山家の用人なら一度は口をきいたことのある者ばかりだ。火盗改の与力の命を狙うような暗殺者に遭えばひとたまりもあるまい。

(森山様も森山様だ。何故ご自分の用人などに尾行をお命じになられたのだ)

鉄三郎が焦れるうちにも、二人三人と尾行者の数が増えてゆき……結局五人になった。

五人になったところで全員の足並みが揃い、鉄三郎への間合いが詰まってくる。

もとより鉄三郎は承知していて、自ら歩を速め、彼らを目的の場所へと誘っている。

五人の腕が、相応のものであると察せられたが故だ。少しでも人が出入りする可能性のある通りなどで斬り合いをはじめるわけにはいかない。

既に、罪もない森山家の用人が一人、鉄三郎のせいで命を落としているのだ。

（あの辻を曲がった先は確か火除け地だ）

役目柄、鉄三郎の頭には市中の隅々に到るまで、あらゆる道筋が記憶されている。

おそらく暗殺者たちはそれを知るまい。それ故易々と鉄三郎の誘いに乗った。

彼らは、もし本気で、《鬼神》とあだ名される剣崎鉄三郎の命を奪おうと思うならば、人気のない道に誘い込むよりは、ある程度人通りのあるところで、通りすがりの女子供などを人質にとるべきであった。

だが、本来人前で顔を曝すべきでない暗殺者が、そんな思案に行き着くわけもない。

（足並みも呼吸も揃っている。余程慣れた者たちだ）

辻を左へ折れたところで、鉄三郎は素早く跳躍した。跳躍した先に神田上水の懸樋がある。一旦そこに飛び乗り、しかる後、上水端の柳の幹陰へ瞬時に身を隠した。

案の定、鉄三郎に続いて辻を折れてきた者たちが、

「消えたぞ」

「まさか」

「何処へ行った」

「いや、そんな筈はない」

「そうだ、大方何処かに身を隠したのだ」

「だが、何処に？」

失われた鉄三郎の姿を求めてその場でまごつく。

人数は、鉄三郎が察したとおり、全部で五人。仄かな月影に映えた彼らの顔に見覚えはなく、薄汚れた着物と袴で浪人風体を装っているが、その隙のない身ごなしは、或いは忍びの者ではないかと思われた。

（忍びを雇うとは、穏やかではないな）

警戒の度を強めつつ、

「捜しているのは、俺か？」

鉄三郎は不意に幹陰から姿を現す。

「…………」

暗殺者たちは、一様に狼狽した。

と同時に全員が鯉口を切り、鉄三郎めがけて殺到せんとする——。

その身ごなしの素早さは、矢張り忍び特有のものであると、鉄三郎は確信した。それ故瞬時に大刀を抜いた。

全身に殺気を撓めた者たちに対して容赦する理由はない。一気に踏み込み、最初に接近してきた男の腋から首の根にかけて、逆袈裟に斬りあげた。

ざぁッ……

頸動脈から多量の血を飛沫かせながら、そいつは瞬時に絶命する。

と同時に、

「…………」

他の者たちの動きがつと止まった。

もとより、仲間が殺されたことを悲しんでいるわけでも、鉄三郎の凄腕に戦いているわけでもない。

その刹那、夥しく飛び散った仲間の血飛沫を、彼らは全身に浴びてしまったのだ。彼らの戦意がそれで半ば喪失することを見込んで、鉄三郎は最初の一人を派手な仕手で斬った。

まずい……

という空気が、刺客たちのあいだにありありと流れている。

金で雇われた忍びであれば当然のことだ。暗殺を実行したあとは、何食わぬ顔で元いた場所に戻るつもりだったのだ。仲間の返り血に染まった姿では、もう何処へも戻れない。

彼らの動揺を見越した上で、鉄三郎は更に大刀を振るい、身近にいた敵を、もう一人刺殺した。

「…………」

脾腹のあたりを貫かれたそいつは、声もあげずに頽れる。当然、即死である。

残った三人が、直ちに踵を返して逃げ出すであろうことも、当然想定の範囲内だ。

逃げ出した三人の、その最後尾の男の踝を、鉄三郎は斬り払った。これには少々為様があり、刀を薙刀に擬し、ギリギリまで長く持って大きく薙ぎ払う。

「うぎょッ」

踝を斬られた男は前のめりに倒れ、そのまま悶絶した。

仲間が捕らわれたことなど夢にも知らず、先に逃げた二人の姿は忽ち鉄三郎の視界から消える。

「お前、忍びか？」

倒れた男の腕を捕らえてきつく締め上げながら、鉄三郎は問う。

「…………」

年の頃は三十がらみ――或いはもっと若いかもしれない。斬られた踝の痛みと捕らえられた腕の痛みで、目にいっぱいの涙を浮かべながらも、答えない。

「忍びでは、仕方ないのう。連れ帰り、拷問したとて、どうせなにも答えぬのであろう。時間の無駄だ。ここで死ね――」

言うなり鉄三郎は、そいつの体からやおら手を離した。

足首を斬られて歩けぬ男が、たとえ俄(にわか)に解き放たれたからといって、逃げ出せる筈がない。

「お、お待ちくださいッ」

鉄三郎の振り下ろす切っ尖が己の頭上に届くより早く、男は必死に言い募った。

「どうか、お助けくださいませッ」

「助ける理由など、なにもないぞ」

「言いますッ」

「ん？」

「誰に雇われてあなた様を襲ったのか、すべて話します。ですから、どうか命ばかりはお助けを……」

泣き声をだして男は訴えたが、

まさか、これほど容易く命乞いをしてくるとは思わなかったのだ。

鉄三郎は内心鼻白(はなじら)んでもいた。

(こやつ——)

「…………」

簡単に膝を屈する者は、誰に対してでもそうする。所詮、己の利害しか頭にないのだから仕方ない。

が、同時に鉄三郎は、

(或いはこれも芝居かもしれん。兎角(とかく)忍びは虚偽が多いものだ)

必ずしも、警戒を解いてはいなかった。

常時携帯している捕縄でその男を縛り、役宅へ戻ろうとする道すがら、道端に倒れている黒紋服の武士を発見した。

「如何なされた?」

助け起こすと、森山家の用人である。

「こ、あがが……」

気を失って倒れていた用人は鉄三郎を見ると忽ち狼狽し、意味不明の呟きを漏らした。

「貴殿は確か、お頭のご用人の伊藤殿？」

「あ…わわ」

「このようなところでお倒れになられて、一体どのような危難に遭われたのです？

お怪我はござらぬか？」

鉄三郎を見た際のその反応から、既に大凡の事情は察せられていたが、半ば面白がって矢継ぎ早に訊ねた。さも親切そうな口ぶりで。

「いや、その、これは……」

「まさか、何者かに襲われたのではありますまいな？」

「いえ、決して、そ、そのようなことは……そ、それがし、どうやら俄に持病の癪をおこし、道端にて苦しんでおるうちに……き、気を失うてしもうたようでございます」

しどろもどろで伊藤は応え、その様子を内心冷ややかに見据えた鉄三郎は、

（森山様の命で俺を尾行けていたのはこの御仁か）

と確信し、確信すると同時に、森山の人選の甘さに甚だあきれた。

（まあ、幸い、殺されていなかったからよいようなものの……）

あきれつつも、彼が生きていたことには心底安堵した。

四

役宅に連れ帰った刺客の一人を仮牢内で訊問したあとは、その夜宿直(とのい)であった丸山善兵衛と牧野忠輔とに見張りを命じた。

その男は、自らを、伊賀(いが)の抜け忍で、名は六蔵(ろくぞう)だと名乗り、逃げた二人も同じ里の出だと言った。

「同じ里で育った仲間を、よくも見捨てて逃げられるものよのう」

という冷ややかな鉄三郎の言葉に、

「忍びとは、そもそも、そういうものでございます」

悪びれもせず応える男の顔を見て、

(こやつ、矢張り……)

内心激しく舌打ちした。

そいつの言動がすべて虚偽であることを、鉄三郎は瞬時に見抜いていた。

「剣崎様のお命を狙うために我らを雇ったのは、南町奉行・坂部能登守(さかべのとのかみ)様でございます」

と言うに及んでは、最早噴飯ものの茶番であった。

町奉行が、火盗改のことをよく思っておらず、両者のあいだで軋轢が絶えない、ということくらい、巷間にもよく知られている。それ故咄嗟に、町奉行の名を出したのであろうが、いくら気にくわないからといって、歴とした奉行の職にある者が、怪しげな忍びを雇い入れて火盗改の与力を襲わせるなど、先ず考えられぬことであった。

(こやつを吐かせるには、些か骨が折れそうだ)

それ故鉄三郎は一旦自邸に帰った。

腕のたつ忍びを二人も斬り、一人を生け捕りにしたのだ。さすがに疲労困憊していた。

翌朝は辰の刻過ぎに出仕したが、既に早出仕して事の次第を聞き及んでいた筧と寺島が鉄三郎の来るのを待ち構えている。

「聞きましたぞ、お頭。昨夜帰り道で不逞の輩に襲われたというのはまことでございますか？」

「なんだ、今更。別に珍しいことではあるまいが」

「賊の一人を仮牢に捕らえているというのもまことでございますか？」

「《姫》までなんだ。賊は全部で五人いた。二人を斬り、二人に逃げられ、一人は生け捕りにしたのだ。常道であろうが」

二人から立て続けに問い詰められ、鉄三郎は少しく閉口する。

「では、何故未だ責めておりませぬ？」

寺島は、美しい眉を不安げに顰めて更に問い返す。

「責めずとも、易々と自ら吐いたのだ。自らのことも、雇い主の名も——」

「では——」

「だが、おそらくすべては偽りだ」

「え？」

「相当手強そうな奴なのだ。あやつを落とすのは一筋縄ではゆかぬ」

「どうやら忍びのようだと聞きましたが、それほどの者ですか？」

「ああ、おそらく力任せに責め立てたくらいではなにも吐くまい。……昨夜は、殺すと脅したらすぐに命乞いしおったので、仕方なく連れ戻った。だが、訊問するうち、火盗のことも俺のことも全く恐れていないと判った。命乞いは、大方この役宅に入り込むための方便だ」

「それでは……」

「なにやら、お馴染みの連中を思い出さぬか？」

「はて、お馴染みの連中とは？」

筧が不思議そうに問い返す。

「もう忘れたのか、篤、あの手この手で、間者を送り込んできた奴らがおったろうが」

「しかし、お頭が山賀を斬ってからというもの、《雲竜党》はすっかり鳴りをひそめておりますが」

すぐに寺島が言い返す。

「高井戸宿で俺を待ち伏せしていたのは皆、金で雇われた浪人者ばかりだった。小仏の山城で討ち果たした連中も、大半はあぶれ者の雑魚だ。《雲竜党》自体は、ほぼ無傷であるのかもしれぬ」

「まさか」

「いや、俺が花川戸の空き家で斬った男も、そもそも本当に山賀三重蔵であったかどうか、わかったものではない」

「では、本物の山賀は未だ生きていて、懲りずに間者を送り込んで来たというのですか？」

「わからぬ。……或いは、《雲竜党》とは全く別の敵が、我らをつけ狙っているのかもしれぬ」

「別の敵ですか?」

筧と寺島は、異口同音に問い返す。

「その可能性もあり得る、ということだ」

強い口調で断じてから、

「それ故、奴から真実を聞き出すのは、容易ではないということだ。なにか一計を案じねばならぬだろう」

鉄三郎は二人に示唆した。

「その、一計とはどのような?」

「それが思いつかぬから、放置しているのよ。それに、たまたま俺が命を狙われたからといって、それが火盗改全体の問題であるのかもまだわからぬ。俺に恨みをもつ者が、私怨をはらすために刺客を雇っただけかもしれぬからな。昨夜は取りあえずお役宅の牢に入れたが、何れ、何処かに移さねばならぬかもしれぬ」

「お頭ッ」

「とんでもございませぬッ。火盗改与力の命が狙われるなど、火盗改全体の一大事にございますぞ、お頭」

大声で吠えるばかりで言葉の続かぬ筧に代わり、強い語調で寺島が述べる。

「火盗改が一丸となって解決すべき案件でございます」

「ゆきの字の言うとおりです、お頭ッ」

「お前たち……」

二人の息が合いすぎていることに内心苦笑しつつ、鉄三郎は仕方なく叱責する。

「いい加減にせぬか。朝っぱらから、お役宅の入口でそのように大声を張りあげるとは、どういうつもりだ」

「…………」

鉄三郎の言葉の意味がわかると、寺島は瞬時に口を閉ざして面を伏せ、わからぬ筧はしばし不思議そうに鉄三郎と寺島を見比べた。だが、わからぬながらも、こういう場合、寺島の態度に倣って（なら）おけば間違いない、ということだけは学んでいる。それ故筧も、寺島同様口を閉ざした。

「あとで呼ぶ故、それまで同心部屋に控えておれ。……間違っても、牢には近寄るでないぞ」

「はい」

鉄三郎の言葉に、二人とも、揃って深々と頭を下げた。

「おい、牢に近寄るな、ってどういう意味だ？」

「そのとおりの意味ですよ。牢に近寄らず、牢に捕らえられている囚人にも一切構うな、ということです」

鉄三郎が立ち去るなり、囁くにしてはやや大きすぎる声音で問うてくる筧に、寺島は応えた。筧と同じくらいの声の大きさで、立ち去る鉄三郎の耳にも入るように——。

だが鉄三郎は、二人にはそう言ったものの、その後よい思案が浮かぶこともなく、
それ故、「伊賀の六蔵」と名乗る男への処遇は変わらず、そのまま役宅の仮牢で、筧と寺島は終ぞ彼に呼ばれることはなかった。

ただ火盗改の同心たちに見張られる日々を過ごすことになった。

あまりになにも問われぬことに不安を感じたのか、

「あの、それがしのお取り調べはどうなっておりますか？」

六蔵のほうから、見張りの同心に対して何度か問いかけがあったらしい。

その報告を受けると、

(存外この手がよいかもしれぬな)

内心首を傾げつつも、鉄三郎は考えた。

人は、己が忘れられた存在になることを偏に恐れるものだ。

六蔵には六蔵の思惑があってこの役宅に入り込んだのだろうが、それが全く思惑どおりにならないことで、明らかに焦りはじめている。

（ならば、もっと焦らせるとしよう。……しばしこのままときを稼ぐのがよい）

鉄三郎は長期戦の構えに入ったが、それには同意しかねる者もいる。

他ならぬ役宅の主人・森山である。

「一体どうなっておるのだ、剣崎？」

鉄三郎の尾行をさせていた用人の伊藤から、なんとなく事のあらましを聞いたのだろう。六蔵が役宅の仮牢に収監されてから五日ほど経った朝、鉄三郎は森山の居間に呼びつけられた。

「なにがでございましょう？」

空惚けて、鉄三郎は問い返した。

「な、なにがと言うて……」

森山は忽ち閉口して口ごもる。

下手なことを口走って、己の用人に鉄三郎を監視させていたことが鉄三郎本人に露見することを恐れているのだ。

「数日前、それがしを狙い、返り討ちにして生け捕りたる者のことでございましょうか？」

「あ、ああ……新たな罪人を捕らえたというのに、何の詮議もしていないそうではないか。一体、どうなっておるのだ？」

「その儀でしたら、お案じになることはございません。捕らえて間もなく、自らの名も、雇い主の名も、易々と吐きました故、真実か否か、裏をとるあいだ、そのまま仮牢にて見張らせております」

「なんだと？ 雇い主の名を吐いただと？ 一体何処の誰だ、その雇い主というのは？」

「南町奉行の坂部能登守様だそうでございます」

「なに⁉」

森山は忽ち顔色を変える。

「どういうことだ、剣崎？」

「おそらく、でまかせであろうと存じます」

「でまかせ？」

「町奉行所の方々が、我ら火盗をよく思われていないということは、江戸っ子ならば、三つの幼児でも知っております」

「………」

「ですから、もっともらしいでまかせで、我らを謀るつもりだったのでしょう。浅はかなことでございます」

「で、でまかせだとわかっているなら、早く事実をつきとめねばならんのではないか」

漸く森山は、正論を口にする余裕を得た。

「そやつが嘘をついていると承知の上で、何故、詮議をせずにほうっておくのだ？」

「はて、厳しく見張らせております故、別にほうってはおりませぬが」

「詭弁を弄すなッ」

森山は思わず声を荒げる。

「何故罪人の詮議をせぬのか、その理由を訊いているのだ」

「これは畏れ入りました」

鉄三郎は素直に頭を下げた。

「火盗改の与力であるそれがしを襲い、捕らえられても平然と嘘をつくような者でございます。多少痛めつけたとて到底吐くまい、と思い、しばし構わずにおります。構わずに置かれることで、相当不安に陥ることと思われますので」

「だが、そやつ、この屋敷に送り込まれた間者かもしれぬのではないのか？」

鉄三郎が素直に畏れ入ったことに気をよくし、森山は更に問い詰める。

「そうかもしれませぬ」

「ならば、一刻も早く、詮議するべきではないのか？　或いは、そやつも以前の間者と同じく、恐るべき地獄耳の持ち主で、いまもこの我らの会話すら盗み聞いているのかもしれんのだぞ」

「確かに奴は伊賀の忍びらしいので、常人よりはよい耳をしているでしょう。忍びは、針の落ちる音さえ聞きわける、といいますから」

「な、ならば……」

「ですが、もし奴が、《真桑》の金太ほどの地獄耳の持ち主で、我らの交わす言葉を盗み聞くのが目的であれば、自ら、自分の詮議はどうなっているか、などと問うてくる筈がありませぬ。なんの責めも受けぬのをよいことに、牢内でのうのうと過ごしている筈でございます。なれど六蔵は、自分の詮議はどうなっているのか、と屢々見張りの者に訊ねているのでございます」

「し、しかし……それとて、我らを欺かんがための擬態でないとは言いきれまい」

「はい、お頭の仰有るとおりでございます」

鉄三郎はあっさり認める。

「それ故にこそ、見極めねばならぬのです。六蔵の——いえ、六蔵を送り込んできた者共の、真の目論見を見極めねばなりません」

「《雲竜党》か？」

「わかりませぬ」

と首を振った鉄三郎の表情はどこまでも冷ややかで、森山を容易く不安に陥らせた。

「《雲竜党》以外に、火盗に対して、左様に大胆な真似のできる者がおるのか？」

「まだなにも、わかりませぬ。わかりませぬが、世の中には、人の数と同じだけの悪がございます。火盗を邪魔と思うて葬ろうとする賊など、次から次へと湧いて出てもなんの不思議もございませぬ」

「…………」

冷徹すぎる鉄三郎の言葉に森山は再び絶句した。

絶句すると同時に、世の中のあらゆる悪と真正面から対峙しなければならない火盗改という職を、心底憎んだ。

（もう、金輪際ごめんだ）

とも、思った。

だが、口には出さなかった。

武芸の心得のない森山が、罪人の捕縛現場に出向くことは先ずあり得ない。命懸けの務めのすべてを、鉄三郎ら部下に丸投げしているのだ。先手組の頭であれば、本来陣頭に立って指揮するべきなのに、だ。

(長谷川(はせがわ)のように、常に陣頭に立つことができていれば、剣崎も、もう少し儂に心をゆるしてくれたのかな)

怒りとも悲しみともつかぬ思いとともに、森山は、それ以上の言葉を鉄三郎に向けることを諦めた。

「わかった。……引き続き、調べを続けよ」

森山が鉄三郎を解放する言葉を告げても、だが鉄三郎はすぐには腰を上げず、しばし森山を見返した。

「な、なんだ?」

内心ドギマギしながら、森山は問い返す。

「それがしは、誓ってお頭に嘘は吐(つ)きませぬ故、今後は、探索に素人のご用人に、それがしの監視などお命じになられますな」

「…………」

「それがしの周辺には、常に刺客が群れておりまする。……それがしを尾行けておりますと、いつ何処で修羅場に巻き込まれるか、わかりませぬ」

言い終えるや一礼し、鉄三郎は森山の前から去った。鉄三郎の言葉で、森山は即ち戦慄した。監視のことがバレていたのは、痛恨の大失策であった。

（このところ、あやつとは概ねうまくいっていたのにな……）

森山はおおいに己を悔いた。

養生所の女医師のことで戸惑い、少年の如き可憐さをみせてくれた鉄三郎にもう一度会いたい、と心から願った。

第三章　黒夜叉の影

一

日が暮れ落ち、軒並み明かりが灯りはじめた内藤新宿は、まるで吉原さながらの賑わいをみせる。

実際、旅籠とほぼ同じ数の引手茶屋があり、そこには茶屋女と呼ばれる遊女が大勢いて、宿場というよりは寧ろ岡場所の様相を呈していた。

なにしろ、日本橋から僅か二里弱という距離である。遠く甲州道中の旅をして来る者ならば一刻も早く江戸に到着したいと思う筈で、わざわざ内藤に泊まる必要はない。

それ故、内藤の灯りに惹かれて集まってくるのは、殆どが、遊女めあての遊冶郎であった。

（いつ来ても、貧乏くさい盛り場だな）

何時来ても、好きにはなれない。

（吉原へも行けないしみったれた連中が女欲しさに集まってくるのだから、当たり前か）

内心辟易しながら、寺島靭負は目的の店を目指した。

黒縮緬の着流しから綸子の伊達襟をさり気なく覗かせ、髷を解いた髪も長く垂らして肩のあたりで元結で結んだ、如何にも遊冶郎風情である。行き交う者たちは誰一人、彼を、泣く子も黙る、といわれる火盗改の同心――それも、悪名高き「剣組」の一人とは思わないだろう。

「あら、いい男」

「ねえ、遊んでいかない？」

「お兄さんに抱いてもらえるなら、身銭きってもいいわよ」

などという、格子の中からのお馴染みの呼びかけには一切耳を貸さず、寺島は一途にその店を目指した。

内藤では最も人の集まる目抜き通りの外れに、その引手茶屋はある。

軒をぐるまでもなく、外で客を引いていた顔見知りのやり手が、寺島を見ると少しく意外そうな顔をした。

「あら、寺島の旦那？」

「鈴音（すずね）はいるか？」

と寺島が訊ねた「いるか？」という言葉の真意は、鈴音という遊女が既に落籍（ひか）され、いまは店にいないのではないか、という意味ではなく、ただ、他の客がついていないか、いま体があいているか、という意味だ。

それを重々承知していながらも、やり手は、久しぶりに寺島の美しい顔を見た歓びからか、

「随分とお見限りだったじゃありませんか。可哀想（かわいそう）に、鈴音ちゃんは毎日、旦那が恋しいって泣いてましたよぉ」

つい、心にもない狎（な）れ口をきき、寺島を閉口させる。

「そういう、如何にも廓（くるわ）っぽい、安っぽい言葉は、お寛（ひろ）さんには似合わないよ」

呆れたように寺島が言うと、お寛という名のそのやり手は、忽（たちま）ち頬を上気させ、思わず顔を伏せた。

寺島がはじめてこの茶屋にあがった十数年前には、彼女もまだ遊女として客をとっ

ていた。当時の年齢はわからないが、現在のお寛はどう見ても、四十前とは思えない。殆ど化粧気もなく、地味で粗末な木綿の着物を着ているせいで、余計老けて見えるのだ。しかし、遊女たちより目立つわけにはいかないのだから、仕方ない。

年季があけても行くあてのない女は、そのまま店に残って、やり手として働く。だが、それもほんの一握りの、要領のよい女に限られる。遊女として薹の立った女をすべて店に残していては、店はやがて、そういう女だらけになってしまう。

お寛は、器量こそ十人並み以下であったが、小才がきき、話が面白いということで、そこそこ馴染みの客を持っていた。それ故、主人も、無下に放逐することはできなかったのだろう。

やり手として店に残れることになるや、そもそもの才能を存分に発揮して若い遊女たちの世話を焼き、客の足が向くよう、様々な努力を惜しまなかった。

文字が書けることもあり、遊女の文を代筆して馴染み客に送ったり、訪れた客には、あれこれとその者が喜ぶような話を耳打ちしたりと、営業活動に余念がなかった。

かつて何度か、お寛の手になる敵娼からの文をもらったことのある寺島は、彼女に対して、多少の畏敬を払っている。文の筆跡は、廓出身の女とは思えぬ見事な手であったし、末尾には、気の利いた古歌なども添えられていた。

（まるで吉原の妓のようだな）

と感心する一方で、或いはお寛は、下級武士の出なのかもしれない、と思ったりもした。

「鈴音のことですよ。仮に他の客がついてたとしても、旦那が来たと知れば、巧いこと言って、追い返しますよ」

お寛はふと顔をあげ、顔をあげたときには既に、いつものこの女の抜け目のない顔つきに戻っている。

廓暮らしが長いということは、それだけ、金で女を買いに来る助平男の顔を見飽きている、ということだ。それ故、たまさか寺島のように美麗な男を見ると、忽ち心を奪われるが、女である以上、それは仕方ない。

しかし、そもそも色恋には無縁であると承知の人生を送っている女だ。見惚れはしても、男に絆されることはない。

「だが、それでは商売の邪魔をすることになる。滅多に顔を見せぬ男が、商売の邪魔をしては申し訳ない」

「本気でそう思ってるなら、金輪際顔見せなきゃいいんじゃないですか」

「手厳しいな。それでこそ、お寛さんだ」

「褒めたってなんにも出ませんからね」

「………」

身も蓋もない言い様にしばし閉口してから、

「じゃあ、このまま帰ったほうがいいのかな？」

相手の顔色を窺いつつ、寺島はゆるゆると踵を返しかける。

「ちょいと！」

その寺島の袖を咄嗟に摑んで引き止めてから、

「旦那を追い返したなんてあとで知られたら、あたしが鈴音に殺されますよ」

少しくドスの利いた声音で、やり手のお寛は言った。

「だったら、はじめから通せよ」

という言葉は喉元で呑み込みつつ、寺島はさり気なくお寛の手を払う。

そもそも廓の女が嫌いなのだ。廓の女も嫌いだし、廓そのものが大嫌いだ。それでもわざわざ出向いてくるのは、それだけの理由があってのことだった。

「すぐに、お通ししますから、ちょっと待っててくださいよ。…鈴音にだって、それなりの支度ってもんがあるんですから。一番愛しいぬしさんに、化粧のくずれたひどい顔なんて見られたくないでしょう」

言い置いて、お寛は去った。

ドッドッドッドッ……

階(きざはし)を裸足(はだし)で一気に駆け上がるその足音が、あまりにも逞(たくま)しく、寺島は一瞬耳を疑った。

(なんて強い足腰なんだ)

しかる後、呆れるとともに甚(はなは)だ感心した。

襖を開けて中に入ると同時、後ろ手に襖を閉めた。と、

部屋に入るなり、鈴音がいきなり寺島に抱きついてきた。

「ゆき様」

「お会いしたかった」

「………」

その刹那、寺島は押し付けられた女の体の熱さと脂粉の匂いに内心辟易する。

が己の本心はとりあえずひた隠しつつ、

「鈴音」

さあらぬていで、寺島は優しく女の名を呼んだ。次いで、

「無沙汰をして、すまなかった」

その耳許に甘く囁く。

すると鈴音は、一旦体を離して寺島の顔をしばし見つめてから、毒々しいまでの紅に彩られた自らの唇を、寺島の唇に押し当ててきた。

(気持ち悪い)

という思いに耐えつつ、寺島は鈴音の細い腰に腕をまわす。

細い腰を抱きながら、そっと背中に触れてやれば、

「あ……」

鈴音の四肢からは忽ち力が抜け、そのまま頽れてゆく。その体を受け止めて、寺島は易々と床まで運んだ。

鈴音にとっては天にも昇る心地のひとときが過ぎた。

三度めから先は自分でも覚えていないくらい夥しく果てたあと、半ば意識を失っていたかもしれない。ただ、一途な思慕の念だけが、強い執念となって愛しい男の体を貪らせていたのかもしれない。

男のすべてが果てたあとも、鈴音は寺島から離れようとせず、しどけない姿で男の胸に顔を埋めていた。

（いい加減、離れてくれないかな）

と思っていよう内心などおくびにも出さず、

「鈴音」

寺島は女の体を甘んじて抱いている。

ただ、利き手の上に体を預けられるのがいやでさり気なく体を入れ換え、寺島はゆっくりと半身を起こした。

「ゆき様…鈴音はもう死にそうです」

上目づかいでチラッと寺島を見上げた女の目はゾッとするほど艶っぽいが、その顔立ちは存外幼い。歳は二十五、六になる筈だが、化粧をしていても、ときに十代の小娘かと見紛うほどの童顔だ。

それ故、この茶屋では最も人気があった。体は思いきり淫らに成熟していながら、顔はあどけない少女のようなのだ。男にとってはたまらない。

「いいのか？　俺みたいなろくでもない男のために、前の客を帰したりして――」

「ゆき様、なにを……」

「上客だったんじゃないのか？」

「あたしには、ゆき様以上のお客なんて、いません」

きっぱりと言い返して、鈴音は襦袢(じゅばん)に袖を通して起き上がり、拗(す)ねたように顔を背ける。

(面倒くさいな)

と思いながらも、

「拗ねたのか？」

揶揄(やゆ)する口調で、寺島は問いかける。

「ゆき様の馬鹿。なんでそんな意地悪ばかり言うの」

すると鈴音は体の向きを変え、益々(ますます)そっぽを向く。

「鈴音？」

「知りません」

「可愛いな」

再び、心にもない言葉とともに、女の肩にそっと手を回す。

「あんまり可愛いことを言うと、また、死ぬような目にあわせてしまいたくなる」

「あ……」

あれほど気をやったあとだというのに、襦袢の上から乳房に触れられただけで、鈴音の体は忽ち蕩(とろ)けそうになる。

「ゆき様、堪忍……」

鈴音は本気で懇願するが、寺島は女の体を触れ続けたままで、

「なあ、鈴音、最近なにか、珍しい話を聞いていないか？」

その耳許に問いかけた。

「珍しい…話って？」

「上方から来た旅の者が、この内藤に一泊した、とか」

内藤は、殆ど宿場としての役目は果たさず、色里と化している。江戸を目指して遙々旅をしてきた者は皆、内藤を素通りして大木戸の内を目指す。

それ故、旅人がわざわざ内藤に宿をとるというのは、なかなかに珍しい話なのだ。

「さあ…あたしは聞いていません…けど……」

「本当かなぁ？　存外お前が相手をしたんじゃないのか？」

鈴音の豊満な乳房を触れ続けながら、寺島はときに冷ややかな声音を放つ。

「してませんッ！」

とりわけ感覚の鋭敏な部分を強く刺激されて、鈴音は思わず、悲鳴のような声音をあげた。

「あ…あたしが相手をしたのは、江戸のお武家さまです」

「え？」

「お…お勤めで、長く上方にいらしたそうです。…それが、急に江戸にご用ができたとかで……」

「それは、いつのことだ？」

「は、半月ほど…前のことです」

「どんなお人であった？」

「ゆき様よりは…十(とお)くらい年上で、お武家さまにしては優しいお人でした。…それに、ゆき様ほどではないけど、とても好い男……いえ、ゆき様に比べたら、全然……」

(間違いない。樫山様だ)

確信した瞬間、寺島の手指が無意識に鈴音の体への刺激を強め、

「ああ〜ッ」

身も世もない嬌声をあげつつ、鈴音はそのまま弛緩させた体を、寺島の腕に預けてきた。

(しょうがないな)

嫌々ながらも、寺島は女の下肢へと手を伸ばした。

さっさと終わらせて、いまは一刻も早くここを去りたかった。

早朝、鈴音がぐっすり眠り込んだあとで、寺島は部屋を出た。

本当は昨晩のうちに出立したかったのだが、そうは都合よくいかなかった。如何に相手が商売女とはいえ、人と人との関係である以上、一旦かかわりが生じれば無下にはできない。

睦み合ったり、憎まれ口を叩いたり、鈴音を存分に楽しませてやった結果、自分でも予想し得なかったほどにときが過ぎた。

「本当に、罪なお人ですね」

夜明け前の明六ツ(あけむつ)だというのに、土間に降り立った途端、背後から声をかけられた。

「随分、早いな」

苦笑まじりに、寺島はお寛を顧みる。

「当たり前ですよ。宿代踏み倒して逃げようとする奴を見張るのも、あたしらの仕事ですからね」

「生憎(あいにく)、宿代なら、昨夜のうちに払っているが——」

「ですから、お見送りですよ、旦那」

早朝の凍(こご)えた空気の中だと一層不器量に見える顔を薄く笑ませてお寛は言った。

「では、通りまで見送ってもらおう。それくらいの金は支払った」

「はいはい、そうさせていただきますよ」

振り向きもせず歩き出す寺島のあとに、お寛はいそいそとついてきた。

《黒夜叉》の隆蔵という名を、聞いたことはないか？」

店を出て、通りを少し歩き出したところで、背中から寺島が問う。

「ありますよ。有名な盗賊の親分さんでしょ。なんでも、とっても怖いお人だとか」

「何故知っている？」

寺島は少しく動揺した。

「何故って、ここにいれば、噂はいくらでも入ってきますからね」

「どんな噂だ？」

「さあ……」

と空惚けようとするお寛をふと振り返り、その手に黙って豆板銀を数個握らせてやると、

「あ、思い出しました」

白々しい口調ながら、お寛の口は容易（たやす）く開く。

「なんでも、近々上方からこっちへ本拠を移して、江戸でも荒稼ぎしようとしている、

とか――」

「なんだと？」

「噂ですよ、あくまで。……旦那だって、どんな噂だってお訊ねになったじゃありませんか」

「…………」

「近頃は、とりわけ頻繁に、上方から《黒夜叉》一味の者が江戸に入り込んできてるそうです。…いえ、それも、噂ですけどね」

「なに？」

寺島は少しく眉を顰める。

「勿論、ここは素通りですよ。内藤なんかに泊まらなくても、吉原は目と鼻の先なんですから。……上方から来たばかりのお人が抱きたいのは、とにかく、吉原のお女郎でしょう。たとえ切見世や長屋の格子女郎でも、吉原の女は格別だそうですからね。内藤の田舎遊女なんか、相手にしませんよ」

「鈴音が客にした江戸のお武家とやらも――」

言いかけた寺島の言葉に、

「え？」

お寛はそのとき、少しく困惑の表情を見せたが、

「ええ、この一年くらいのあいだ、何度か内藤に出入りしてますよ」

存外あっさり、白状した。

「この一年くらいのあいだに何度か、だと？　間違いではないのか？」

「鈴音は、旦那以外のお客に何度も買われたなんて知られたくないでしょうけど、それを知ったからって、旦那にとっては別にどうということもないのでしょう」

「仕方なかろう、それが鈴音の生業だ」

「だったら、それを理由に鈴音を見捨てたりしないでやってくださいよ。旦那の目にはどう映ってるかわかりませんけど、ああ見えて、本当に一途な子なんですから」

「私が見捨てずとも、何れ鈴音のほうが俺に愛想を尽かすのではないか。こんな薄情な男より、もっとあいつを大切にしてくれる男が現れぬとも限るまい」

「それはそうかもしれませんけどね」

お寛が嘆息混じりの言葉を呟いたところで、寺島は踵を返し、歩を踏み出した。

お寛は、店から二、三十歩行ったあたりで足を止め、その場で寺島が去るのを見送った。東の空がゆっくりと白みはじめたため、黒い装束の寺島の姿をくっきりと際立たせている。それ故、お寛は、去り行く男の背中をいつまでも見送ることができた。

二

「白粉(おしろい)臭いな、《姫》」

内玄関で顔を合わせた瞬間、鉄三郎は低く寺島の耳許に囁いた。

(まさか!)

寺島は咄嗟に動揺をひた隠し、

「昨日は、非番でしたので……」

巧みに、後ろめたそうな、ばつの悪そうな表情を浮かべて応える。

内藤から戻るとその足ですぐ湯屋へ行き、体の隅々まで洗い流した。移り香が残りそうなあたり——首筋や胸元は特に念入りに、皮膚が破けそうなくらいの勢いで洗ったから、匂いなど残っている筈がない。

それ故鉄三郎が、そのときなにか見抜いたとすれば、それは寺島の体に染みた女の匂いなどではなく、寺島自身の面上に滲むなんらかの表情に相違ない。

「つい、朝まで……その、女に引き止められてまして……申し訳ございませぬ」

後ろめたそうな表情で、深々と頭を下げた。もとより、鉄三郎の鋭い視線を避けようとの試みだ。

「なるほど、後朝（きぬぎぬ）というわけか。さすがは、《姫》だな」

「恐れ入ります」

顔を伏せたままで、寺島は応える。

この流れなら、女のもとで朝まで過ごしてそのまま出仕しただらしなさを鋭く指摘された、という方向で凌（しの）げるだろうと踏んだのだ。

「なるほどな」

鉄三郎は一応肯いたが、当然それで許して貰えるほど、容易い相手ではない。

「ちょっと、外へ出るか」

鉄三郎から促された寺島は、

「え？」

正直白洲に引き出される罪人の心地であった。

「わ、私は、ただいま出仕したばかりですが……その、何処へ行くのでしょう？」

「特に急ぎの仕事があるわけでもなし、少しそのへんでもぶらつこうではないか」

「…………」

「たまにはお前の艶話（つやばなし）でも聞かせてもらおうではないか」

(矢張りなにか気取られた)

寺島は絶望的な境地に陥る。

(こんなことなら、今日は勤めを休めばよかった)

後悔したとて、もう遅い。

払暁前に寸刻眠ったから、お勤めに影響はなかろうと思い、のこのこ出仕した自分が悪いのだ。

昨夜からの疲れで、ただでさえ重い足を引き摺り、内玄関から中門をくぐり、役宅の外へと歩みを進める鉄三郎のあとに続いた。

(どこまでバレた?)

そのことで頭がいっぱいな寺島が鉄三郎に誘われたのは、意外にも、役宅からほど遠からぬ《よし銀》だった。《よし銀》は、火盗の密偵である銀平が営む居酒屋である。

銀平は、かつて、《不動》の銀平の二つ名を持つ大盗賊だった。火盗改方の先代組頭である長谷川宣以によってお縄となり、以後長谷川に心酔し、密偵となった。

「早くから、悪いな」

少しも悪くなど思っていない口調で言いつつ、鉄三郎は縄のれんを潜る。

もとより開店前であるため、店内に他の客はいない。

「剣崎様」

厨で仕込みをしていた銀平はチラッと目を上げ、鉄三郎の顔を確認する。

「少しの間、店を借りてもよいか？」

「もちろんでございます」

応えつつ、銀平は厨から顔を覗かせる。

「ちょうどようございました。…申しわけありませんが、しばしの間、留守番をお願いしてもよろしいでしょうかね？」

問いかけておいて、鉄三郎の返答は待たず、

「ちょっとそこまで、買い物に行きたいんで。お願いしますね」

一方的に言い捨てるなり、店の裏口から外へ出て行った。

「銀平の奴、妙な気をまわしおって……」

軽く舌打ちしつつ、鉄三郎は、入ってすぐの小上がりに腰を下ろす。

「…………」

寺島は、最早これまで、とばかり途方に暮れた顔で、鉄三郎の前に立ち尽くした。

「座らねば、話しができんぞ、《姫》」

口調こそ柔らかいが、鋭い眼で促されると、寺島は従うしかない。

「失礼します」

寺島は仕方なく、鉄三郎の向かい側に腰かける。伏し目がちで、鉄三郎の視線から逃れるように顔を伏せた。

「内藤に行ったのか？」

「………………」

息が止まるかと思い、寺島は一瞬間言葉を呑んだ。妓のところに泊まった、というだけで、何故それが内藤の遊廓だとわかるのだ。

（このお方は、まさしく鬼神だ）

心の叫びが漏れないようにするのが精一杯だった。

「お前は、日頃から、女と遊ぶにしても、何の目的もなく、ただ欲望にかられて遊里に足を運んでいるわけではない」

「………………」

「遊里の妓に会いに行くのは、会いに行くだけの理由があるときだけだ。違うか？」

「男が女に会いに行くのに、理由などありません。…ただ、会いたいから行ったのです」

「だが、馴染みの女と睦んだ直後にしては、お前は少しも、満たされた顔をしていない」

鉄三郎の言葉は、寺島の心を忽ち木っ端微塵に打ち砕いた。そこまで見抜かれていたのでは、もう言い逃れはできない。

「申しわけございませぬッ」

最早これまでと観念し、寺島は今度こそ心からの謝罪を口にした。

「内藤に行ったのだな？」

「はい」

「何故内藤なのだ？」

「…………」

「謙士郎を、捜そうとしたのか？」

「はい」

寺島があっさり認めたことで、だが鉄三郎は内心激しく狼狽していた。

寺島に対する己の影響力がそれほど脆弱なものであったことにも、寺島の気性を見誤っていたということにも――。

「何故だ？」

だから鉄三郎は、寺島を叱責せず、ただそれだけを問うた。

「…………」

「謙士郎のことは忘れよ、と俺は言った筈だ。だがお前は、俺の言いつけに背いても、謙士郎を捜そうとした。何故だ？」

「それは……」

しばし口ごもってから、

「必ずしも、お頭のご本心ではないと思いましたので——」

躊躇いつつも、寺島は応えた。

途端に鉄三郎の顔色が変わる。

「なに？」

「先日お頭が刺客から襲われたのは、深川不動の近くだったのではありませぬか？……私には忘れろ、と仰有りながら、ご自分は、樫山様を捜そうとなされていたのではありませぬか」

「謙士郎は俺の竹馬の友だ。気にかけるのは当然だ。だが、お前はなんだッ」

という鋭い鉄三郎の問いに、寺島は容易く絶句した。

覚悟していたことだが、面と向かって言われると、流石に応える。

それでも懸命に己を奮い立たせ、

「樫山様は、私にとって、師にも等しきお方でございます。鉄砲組の頃、本当にお世話になりました。いまの私があるのは、樫山様のおかげです。……そんなお方の身に、なにか唯ならぬことが起こっているとしたら、お助けしたいと思うのが当然の人の道ではありませぬか？」

強い語調で寺島は言い切った。

言い切ったものの、鉄三郎の顔をまともに見返すことはできなかった。だが、

「…………」

寺島の強い語調に気圧された鉄三郎もまた言葉を失い、

（謙士郎との関係が、それほど強いものであったとは……）

そのことに、少しく圧倒されていた。

しばらく、沈黙が続いた。

店の主人である銀平はもうとっくに帰って来ていて、厨で仕込みの作業を再開していたが、その小気味よい包丁の音さえ、二人の耳には入っていないようだった。

　重苦しい沈黙の果てに、

「一つ、訊いていいか？」

　鉄三郎は寺島に問うた。

「はい」

　恐る恐る、寺島は応える。

「お前の存念は？」

「え？」

　寺島は容易く絶句する。

「お前の存念を聞かせてくれ」

「私はなにも……なにも思うてはおりませぬ」

「そんな筈はない」

　氷のような声音で、鉄三郎は断じる。

「…………」

「なにか存念があるからこそ、俺の命（めい）に背いても、謙士郎を捜そうと思うたのであろう？」

　寺島にとっては、なにより辛い問いであった。

いまの自分が最も信頼する上司と、過去の自分が全幅の信頼を寄せた先輩――。本来、秤にかけられるものではない。

「言えませぬ」

「言わねば斬る、と言っても、まだ言わぬのか？」

罪人を糾弾するも同然の鉄三郎の言葉を聞くなり、寺島はハッと威儀を正し、

「どうか、お斬りください」

きっぱりと応えて、鉄三郎の目を見返した。

その迷いのない瞳を見た瞬間、鉄三郎は己の失策を覚ったものの、寺島の意思の強さに閉口してもいる。

（こやつ、優しげな顔をしながら、斯様に頑固者であったとは）

鉄三郎にはとっては新鮮な驚きでもあった。

武士たる者、殺すぞと脅されて口を割るほどの不名誉はない。

だが、寺島が頑なになったのには、もう一つの意味があった。

死を覚悟しなければ、到底口にはできぬようなことを、いまから口にしようというのだ。

「私などのとるに足りない命など、少しも惜しむものではございませぬが――」

寺島は、真っ直ぐ鉄三郎を見返しながら言い、

「お怒りを承知の上で申しあげます」

そこで一旦、言葉を止めた。

次の瞬間には鉄三郎の怒りのひと太刀で死ぬることを覚悟し、そっと目を閉じる。

「言え」

鉄三郎は、厳しく促した。

「樫山様は、《黒夜叉》の隆蔵と通じておられるのではありますまいか」

覚悟を決めて寺島は述べた。

だが、鉄三郎は応えず、その口からは微かな嘆息が漏らされただけだった。

(やはり……)

それから寺島の言葉を胸に反芻し、鉄三郎は無意識に瞑目した。

三

《黒夜叉》の隆蔵については、江戸で得られる情報があまりにも少なすぎた。

《黒夜叉》一味自体は、上方の《雲竜党》の異名もあり、相当大規模な組織であるこ

とは容易に窺えたが、そんな大きな一味が江戸にその拠点を移そうとしているとしたら、相当穏やかならぬ事態である。

実際、江戸には、地方から逃散してきた者たちが大勢入り込んで来ているため、得体の知れない余所者などそこら中にいる。さほど珍しくもないため、誰も、気に止めない。

結局、《雲竜党》の探索が困難を極め、肝心の一味の大半をお縄にできなかったのも、そのためだ。江戸の闇の最も深いところへ潜ってしまった者たちを捕らえることは、鬼の平蔵と呼ばれた先代組頭の長谷川でも難しかった。

（あやつ、躊躇うことなく言いおったな）

そのときの寺島靭負の顔を思い出すと、鉄三郎は自ら苦笑せざるを得ない。

（矢張り、あいつの本性は阿修羅だ）

たとえ思っていても、到底口には出せぬだろうという侮りが、鉄三郎の中に全くなかったとは言い切れない。

仮に、口を割るとしても、鉄三郎の恫喝を恐れ、当たり障りのないことを口にするのだろうと、思っていた。

だが寺島は、そのとき、真っ直ぐ鉄三郎の目を見返して言った。

当然次の瞬間斬られることを予期して、言うなり目を閉じてしまったが。

（目が曇っていたのは俺のほうだ）

旧友への郷愁故に、鉄三郎は謙士郎の真実を知ることから目を背けた。できれば、目を背けているあいだに、すべての事象が勝手に片付いていてくれればよい、とさえ思った。火盗改の与力としては、あるまじき考えであった。

もし上方から、凶悪な賊が江戸に入り込んでいるという事実を知ったならば、組頭の森山に報告するべきだ。しかるに鉄三郎は、旧友への思いから、森山に嘘を吐いた。

「樫山謙士郎を匿っているのではないか？」と問われて、もう何十年も会っておりませぬ、と答えてしまった。

それ故森山は鉄三郎を疑い、己の用人に鉄三郎の監視を命じたわけだが、森山に無用の疑念を抱かせたのは、そもそも鉄三郎の嘘が原因なのだ。

そう思ったとき、森山に対する申し訳なさが、鉄三郎の心中に激しく迸った。

同時に激しく己を恥じた。

本来、誠実に向き合わねばならない上司の森山に対して、嘘を吐いた。その後ろめたさは、鉄三郎を容易く打ちのめした。

「申し訳ございませぬッ」

それ故鉄三郎は、開口一番謝罪し、深々と叩頭した。

「な、なんだ藪から棒に……」

当然森山は当惑する。

役宅の居間でのんびり書見をしていたところに、

「しばし、よろしいでしょうか」

唐突に鉄三郎が闖入してきた。

数日前、用人に彼を監視させていたことがバレてしまい、少々気まずいことになっている。

「入れ」

しかし、ここで躊躇っては、本来自分の部下である筈の者に負けることになると思い、奮い立たせて招き入れた。

正直、いやな予感しかしていなかった。

それが、鉄三郎は入って来るなり森山の前に平伏し、一方的に詫びてくるではないか。

（なんの冗談だ？）

森山が訝ったのも無理はない。

「それがし、お頭に嘘を吐いておりました」

平伏の姿勢からゆっくりと顔をあげつつ、鉄三郎は言った。

「なんだと？」

「京都町奉行所与力の樫山謙士郎を、数日我が家に匿っておりました」

「………」

鉄三郎の告白に、森山は絶句した。

実のところ、樫山謙士郎、という名さえ、忘れかけている。

「先日、お頭から樫山謙士郎のことを問われた際、咄嗟に嘘を吐きました。実にその日まで、樫山謙士郎は我が家に逗留しておりました」

「そ、そうだったのか？」

「はい。ですが、その日お頭から、謙士郎が奉行所の金を盗んで逐電したと聞かされ、それがしは混乱いたしました。まさか、謙士郎に限ってそんな不届きな真似をする筈がない、と思いました」

「そ…れで？」

「それ故、嘘を吐きましたが、その日帰宅すると、樫山謙士郎は既に姿を消しておりました」

「逃げたのか？」

「おそらく……己の所業が、そろそろ江戸に知れる頃だと覚り、逃げたのだと思われます」

と述べてから、鉄三郎はしばし口を閉ざした。

これには森山も閉口した。

（辛いのだろうな）

鉄三郎が嘘を吐いたのは、友を信じるが故である。

それくらいのことは、森山にもわかる。それが、いまになって打ち明けてくるということは、疑うに足るなんらかの事実を摑んだ、ということだ。鬼の剣崎と雖も、人の子だ。信じていた友の裏切りに心が傷まぬわけがない。

そもそも森山に打ち明けること自体、断腸の思いではなかったか。

（儂の中ではとっくに終わったことだ。なにもわざわざ、打ち明けずともよいものを……ったく、融通のきかぬ奴だ）

「剣崎」

鉄三郎の苦衷を察しつつも、森山は恐る恐る呼びかけた。

「前にも言ったであろう。京の…西町奉行・三浦伊勢守様は、すべてを不問に付すとのお考えだ。……樫山謙士郎は、持ち逃げした金を元手に何処かで商売でもはじめ、生きてゆけばよい、とのご温情を、なにも無駄にすることはあるまい?」

「樫山が、ただ金を盗んで逃げただけであれば、見逃すこともできたでありましょう」

「どういう意味だ?」

「樫山謙士郎は、《黒夜叉》の隆蔵なる盗賊と連み、江戸で、なにかしらの事を起こさんとしているのかもしれません。それ故放ってはおけません」

「なに⁉」

森山は忽ち顔色を変える。

「そもそも、《黒夜叉》の隆蔵とは、なんだ? 聞かぬ名だが」

「上方で、長らく威勢を誇っていた盗賊一味の頭でございます。近々、江戸に本拠を移すとか――」

「なんだと! それはまことか、剣崎? 上方の盗賊が何故江戸に⁉」

森山は驚愕する。

いやな予感の正体は、果たしてこれであったか。折角、厄介な《雲竜党》の噂が江戸で聞かれなくなったというのに、上方の盗賊などに江戸を荒らされてはたまらない。

「実は、樫山謙士郎がそれがしを訪ねてまいりました際、奴は、《黒夜叉》の隆蔵を追ってきた、と申しました。それ故、探索を手伝うように、と配下の者に言いつけました。樫山とそれがしの配下とは、数日行動をともにし、《黒夜叉》の足どりを追いましたがなにも摑めず、探索の途中で、樫山は配下の前から姿を消したそうでございます」

「なんと……」

「樫山が、戯れに《黒夜叉》の隆蔵の名を持ちだしたとは思えません。両者のあいだになんらかの繋がりがあるからこそではないかと思えてなりません」

「………」

森山は沈黙した。

もし鉄三郎の言うことが事実だとしても、そんなとき、何を言えばいいのか、森山にはわからない。未だ、火盗改方の組頭という立場に馴染んでいないのだ。

「お頭」

途方に暮れる森山に、鉄三郎が淡々と言葉を述べる。

「樫山謙士郎、並びに《黒夜叉》の隆蔵の探索を、火盗改にて……いえ、それがしの配下にて行うことを、お許しいただけますでしょうか」

「え？」

「《黒夜叉》の隆蔵が本当に江戸に出向いて来るかは定かでありませぬが、京都町奉行所の与力であった樫山が、奉行所の金子を盗んで逐電したのはまぎれもなき事実。如何に伊勢守様のご意向と雖も、見過ごしにはいたしかねます」

「…………」

「それ故我らは樫山を捕らえ、しかる後《黒夜叉》一味の探索に取りかかろうと存じます」

（え？）

森山に反論の余地を与えずに言うだけ言うと、鉄三郎は一礼し、やおら腰を上げて退出した。

（え？）

静かに障子を閉めた鉄三郎が、殆ど足音もたてずに立ち去ってからも、森山はしばらく茫然としていた。

（結局、自分のやりたいようにやる、ということを、わざわざ儂に言いに来たのか？あやつ、儂をなんだと思っておるのだ？）

そのあと甚だ、呆れ返った。

（だいたい、仮牢に入れたきりの刺客めはどうするつもりなのだ。……一言も、そのことに触れなかったではないか）

そして更なる怒りが湧き起こるのだった。

四

「で、どっから調べます、お頭？」

これから厄介な任務に就かねばならないということを承知しているのかいないのか、筧は終始上機嫌であった。

「それに、その樫山ってお人ですが、ゆきの字の野郎がいやで逃げ出したってことも考えられますよね？」

漸く、鉄三郎からの直々の命を承けたことが、なにより嬉しくて仕方ないのだ。犬ならば、さしずめ、飼い主から嬉しい餌を見せられて、盛んに尻尾を振っている状態であろう。

「だいたい、こいつは、日頃からねちっこいんですよ。女みてえな面してやがる癖に、中身はまるで、金貸しの因業爺みてぇに細けぇんですからね。樫山さんも、いい加減嫌気がさしたんでしょうよ」

もう、言いたい放題である。

(いい加減にするのはあんたのほうだよ、篤兄。…お頭がさっきから渋い顔してること に、なんで気がつかないんだよ)

好き放題の言われようでありながら、それでも寺島は、篦のことを案じている。

そして、篦を案じる様子の寺島の心中に気づいているから、鉄三郎も未だ雷を落と さずにいるのだ。

それ故、鉄三郎はつと丸山に向き直り、

「善さんはどう思う?」

篦の悪はしゃぎぶりは一切見なかったことにして、問いかけた。

今宵鉄三郎の自宅に呼ばれたのは、篦と寺島、そして丸山善兵衛の三人であった。

「樫山様のことなら、それがしも覚えております。…お頭とよく似た、直ぐなご気性 のお方です。奉行所の金を持ち逃げしただの、盗賊と通じているなど、到底信じられ るものではありませんな」

「俺も、未だに信じられぬ」

「では、無理にお信じにならずともよいのではありませぬか?」

「…………」

心のこもった丸山の言葉に、鉄三郎は容易く言葉を失う。

さすがは年の功というものだ。なによりも先ず、友に裏切られた鉄三郎の気持ちを慮ってくれた。それ故鉄三郎は、この、火盗改の中では最高齢の実直な同心を信頼することができるのだ。

「お頭の知る樫山様と、いまの樫山様が全くの別人になってしまわれたなどと、一体何処の誰が言い切れますか？……突然姿を消されたのも、屹度、なにか余程の事情があってのことでございましょう」

「善さん……」

鉄三郎の心に、忽ちあたたかいものが溢れ、不覚にも目頭を熱くする。

長くこの職務にあると、兎角人を疑いがちだ。人を見れば即ち、すべて悪人と思う。一人でも多くの極悪人を捕縛しようとするのだから、当然そうなる。

だが、それは人が本来持っている優しさや愛情といったものを捨て去ることだ。少なくとも鉄三郎自身はそう努め、この務めに臨む限り、己の心を鬼と化してきた。

丸山の気遣いとその優しさが、鉄三郎に、忘れていた人の心を思い出させた。だが、

「ちょっと待ってよ、善さん。樫山って人は、お頭のとこから逃げ出したんだぜ。仮

に、ゆきの字に嫌気がさしてのことだとしても、お頭に黙ってずらかるなんざ、言語道断だろうがよぅ」

鉄三郎の沈黙の隙を突いてすかさず筧が割り込んでくる。

「そんな野郎、別人になってるに決まってますぜ」

「篤兄！」

寺島が思わず呼びかけるのと、

「黙れ、篤ッ」

鉄三郎の叱責が見事に重なり、鉄三郎の声だけが、そのとき筧の耳に届いた。

「貴様は、俺がいいと言うまで黙っていろ」

「はいッ」

筧は瞬時に雷鳴を浴びたような顔つきになり、顔を伏せ、目を伏せる。

「樫山様が姿を消されたのは、己の意志によるものです」

代わって寺島が口を開いた。

「私もはじめのうちは、丸山殿同様、なにか余程の事情があってのことか、或いはなにか事件に巻き込まれたのではないかと案じておりました。しかし、樫山様の腕はお頭と殆ど互角――それほどの腕がありながら、危難に遭われるとは考えられませぬ」

「おい、ゆきの字、聞き捨てならねえことをぬかしやがるな。お頭と互角の腕だと？」

筧がすかさず口を挟むが、寺島は黙殺した。

鉄三郎が無言で睨んだため、筧は仕方なく口を噤む。

「考えられるとすれば、薬を盛られ、体の自由を奪われた上で連れ去られ、何処かに監禁されているという可能性ですが、樫山様が姿を消されて既に十日が過ぎております」

「うむ」

「樫山様ならば、なんとか独力にて脱出なされるでしょうし、或いはその前に殺されてしまったとしても……」

「なんだ？」

「未だ、江戸の何処かで武士の死骸が発見されたとの報せはありませぬ」

「殺して、死骸を何処ぞに隠したかもしれぬ。滅多に人の踏み入らぬ山中にでも埋めてしまえば、発見されることはない」

鉄三郎は冷ややかに言い返す。

「ですが、それは到底あり得ないのでございます」

「何故？」

「樫山様ほどのお方を拉致せんとすれば、それなりの人数が要りますし、周到に計画を巡らせねばなりません。樫山様の外出先を事前に調べ、人を伏せさせ、人目につかぬよう、素早く連れ去る。相当大掛かりな仕事となります。……ですが、いま江戸には、樫山様を、拉致或いは殺害しようという者など存在いたしません」

「《黒夜叉》の隆蔵がいる」

「仮に《黒夜叉》の隆蔵が、樫山様に先んじて江戸入りしていたとしても、未だ手下どもは来ておらぬ筈です」

「何故わかる？」

「隆蔵の手下が、上方から、大勢江戸に入り込んでくれば、さすがに密偵の誰かが嗅ぎつけるでしょう。しかるに我らは、未だそのような報せを聞いておりませぬ」

「それで、謙士郎は己の意志で俺の許を去った、と思うのだな？」

「樫山様と《黒夜叉》の隆蔵が繋がっている、というのは、なんの根拠もない、私の勝手な憶測でございます」

「今更、それはないぞ、《姫》」

鉄三郎の面上に苦笑が滲む。

「それ故、あのとき、私をお斬りください、と申しあげました。私は、お頭のご友人であり、私にとっても大恩あるお方を、侮辱したのでございます」

「それが狡いと言っているのだ。…俺には、到底部下を手にかけることなどできぬ。それを承知の上で言ったのであろう」

「いいえ、断じて、そのようなことは……」

　寺島は必死に言い募る。

「いや、それに相違ない。篤も言っていたな。お前は、そのように優しげな容子をしている癖に、中身はまるで高利貸しの因業爺のように狡猾なのだ」

「…………」

「だが、その奸智は、火盗改にとって得難い宝だ」

　脅えた目をする寺島に対して、鉄三郎は淡々と述べ続ける。

「お前の知恵があってこそ、俺も思案を働かせることができるのだ」

　堪らず面を伏せた寺島の目は見る見る潤み、その長い睫に溢れるものがある。

「それ故、卑屈になるな、《姫》。存念があれば、つまらぬ忖度などせず、すぐ口にせよ。……少しは、篤を見習え」

「いや、お頭、それは、些か――」

すかさず丸山が渋面を作り、鉄三郎は無言で微笑した。

「あ、あの……」

もとより、筧には鉄三郎の言葉の意味も丸山の渋面の意味もわからず、目を白黒させるばかりであった。

(篤兄、覚えてないのかな?)

そんな筧を、寺島はそれとなく窺っている。

実のところ、鉄三郎が、謙士郎の件を丸山と筧に打ち明ければ、以前筧から問い詰められた際、寺島が彼に嘘を吐いたことがバレてしまい、「てめえ、よくもあのときは騙しやがッたな」と激昂されることを密かに案じていた。最悪の場合、一発食らう虞すらあった。が、あの折の寺島の嘘と、鉄三郎から告げられた謙士郎の件が筧の中ではまったく繋がらないのか、それとも、鉄三郎から役目を与えられた嬉しさで、他のことを思案する余裕がないのか——。

(まあ、どっちにしても私にとっては幸いだけど……)

筧の様子から、寺島に対する怒りの感情が感じられないことを確認すると、寺島は密かに胸を撫で下ろした。

五

その後数日間、丸山善兵衛、筧篤次郎、寺島靭負の三人は、樫山謙士郎を捜すことに没頭した。

姿を消した場所から足どりを追うのではなく、自ら姿を隠そうという者がどう行動するかを思案し、先ず江戸四宿に足を向けた。

即ち、品川・千住・板橋・内藤の四宿だ。が、既に内藤については寺島が出向いていたし、甲州道中から江戸に入った者が、再び内藤へ戻るとも思われない。

なにから姿を隠そうとしているかはわからぬが、大事な友が突然失踪すれば、鉄三郎なら確実に捜索しようとするだろうし、それができる立場にもある。火盗改の同心や密偵が市中で目を光らせることになる。それを避けるため、江戸市中にはいないほうが身のためだが、江戸でなにかを為すために来たのだとすれば、江戸を離れたくはない。

とすれば、最も近い宿場に身を隠すのが自然だ。なにかあれば、すぐに江戸市中に戻ることもできる。

それ故、彼らは、それぞれ品川、千住、板橋へと向かった。

さまざまな地方から大勢の出入りがある宿場であれば、その賑わいと旅人の数の多さ故に、身を隠すことも容易い。

人目につきたくない賊が身を隠すには、最も程よいあたりであった。

(まさか、こんなことになるとは……)

内心複雑な思いで、寺島靭負は千住の目抜き通りを歩いていた。

鉄三郎から、「謙士郎のことは忘れよ」と命じられたとき、素直に従い、忘れたほうがよかったのかもしれない。

そうすれば、こんな面倒な感情に悩まされることもなかった。

樫山謙士郎と《黒夜叉》の隆蔵が通じているのではないか、というのは全くなんの根拠もない、寺島の勝手な憶測だ。

内藤を訪れ、敵娼・鈴音の口から、「上方から来た江戸のお武家さまを客にとった」と聞いた瞬間、寺島の勘が無意識に閃いた。

謙士郎は、はじめから、「内藤に一泊した」ということを隠していなかったし、偶々(たまたま)泊まった茶屋で敵娼にしたのが鈴音だったという偶然も、決してあり得ぬことではない。

また、

「お武家様が内藤に泊まったのは一度だけ」と鈴音は言ったが、やり手のお寛は、

「上方から来た江戸の武士は、来る度何度か鈴音を買った」と言った。

その武士が謙士郎であるかどうかよりも、この二人の言葉の食い違いこそが、重要だった。

もとより、偶然などというものをあっさり受け入れられるほど、寺島は、正直者でも素直な気質の人間でもなかった。女の嘘も、簡単に見抜くことができる。

明らかに、嘘を吐いているのは鈴音のほうだった。

遊女に限らず、女というものは須く、息を吐くのとさほど変わらぬ要領で嘘を吐く。鈴音が嘘を吐いているなら、当然お寛も真実など述べはすまい。

が、お寛は既に「女」という範疇から相当かけ離れつつあるし、なにより、己の利を最優先する、という点に於いて、寺島にとっては、充分信じるに足る存在であった。

謙士郎が何度か鈴音を敵娼にし、それが必ずしも偶然ではない、というのが、寺島の見解だ。

謙士郎と《黒夜叉》の隆蔵の繋がりを窺わせる、悪い見解だった。

（どちらにしても、傷つくのはお頭ではないか……）

それが、寺島を後悔の念に追いやっている最大の要因だ。

「樫山様は、《黒夜叉》の隆蔵と通じています」

という寺島の言葉を聞かされた瞬間、鉄三郎はほぼ無反応であった。

驚きもしなければ、怒りもしなかった。それはつまり、彼もまた、同じ疑念を謙士郎に対して抱いていた、ということだ。

その疑念が、真実であってもそうでなかったとしても、鉄三郎はどのみち後悔することになる。

謙士郎が賊と通じていたことが判明すれば己の不明を悔い、或いは潔白であった場合には、友を疑った己を悔いる。

(どうしてあのとき、お頭の言いつけに背いてしまったのだろう)

己の所業を悔いに悔い、呪いに呪っても、もう遅い。

(仮にこの千住宿で樫山様を見つけたとしても、私は一体、どうすればよいのだろう?)

そんなことを鬱々と思案していた寺島の目に、そのとき不意に、見覚えのある男の横顔が過った。

(え?)

反射的に、寺島の視線が男を追う。

気配を消し、周囲の人群れと同化しつつ、あとを尾行けた。

その男は、別に速歩で逃げていたわけではない。ごく普通に往来していただけだ。

だからこそ、寺島の目に映った。

そうでなければ、或いは見過ごしていたかもしれない。

(樫山様？)

と疑いつつ、あとを尾行けたその男は武士ではなく、町人風体をしていた。古びた藍弁慶の着流しに頰被り、という人目を憚る風体ながら、寺島の目には見えてしまったのだ。頰被りの下の端正な顔も鋭い眼光も——。

それ故寺島は、全身を梟の如く強張らせながら、その者のあとを尾行けた。

男は、格別急ぐ風でもない足どりで、宿場の目抜き通りをゆっくりと進んでいた。

千住には、本陣、脇本陣が設けられているため、奥州方面の諸大名が参勤する際には必ず泊まる。

だがそれ以前に、幕府に青物を納める御用市場の一つとしても存在していたため、江戸に物資を運び込む中継地として発達した。それ故、参勤の大名が逗留しているとき以外は、市場や数々の問屋で働いている町人の数のほうが圧倒的に多いのだ。

(町人の風体で千住に潜伏しておられるのか。一体、なにをされるつもりなのだ)

疑いつつその男のあとを尾行けていて、不意に彼が小走りになったことに、寺島は焦った。尾行を疑われぬよう充分な距離をとっていたため、下手をするとまかれてしまう。

(ちッ)

それ故寺島は、我を忘れて全力で走った。

全力走りの寺島に勝てる者など、滅多にいない。

果たして、土煙を立てつつ走る藍弁慶の背中を、一途に追う。

寺島の追跡を承知しているのか、否か。藍弁慶も、よく走った。距離を詰められているとも知らず一途に走り、つと、軒並み問屋の続く通りの辻を折れた。

寺島も続いて辻を折れたが、折れた瞬間、

(しまった!)

と思った。

辻を折れて路地に踏み入った直後、そこがどん付きの行き止まりであることを思い出したのだ。

広範囲に渡って探索を行うことの多い火盗改の同心は、江戸市中は勿論、四宿の地理もほぼ把握している。非番の日には、何度も足を運んで体に叩き込むのだ。勿論寺島もそうしていた。それ故、千住宿の問屋街の道筋はほぼ頭に入っている筈だった。

常日頃の寺島であれば、そんなヘマは、間違ってもしない。

だが、このときは、目的の人物を突然見出し、その上その人物にあやうく逃げられそうになったことで、柄にもなく狼狽えた。

狼狽えた挙げ句、尾行の際決して踏み入ってはならない行き止まりの路地に踏み入ってしまった。要するに、誘い込まれたのだ。

(万事休す……)

路地を入って、なお少し、その者を追ったところで、寺島はつと足を止めた。

「…………」

たったいままで、必死に追いかけてきたその人物が、すぐ目の前に立っている。

「樫山様」

「やっぱり…かなわねぇな、お前の足には」

激しく息を切らしながら、町人の風体をした樫山謙士郎は言った。

「ゆきの鬼足は健在だ」

頬被りをとり、その手拭いで額や首筋に滴る汗を拭いつつ、謙士郎は苦笑した。

だが、そんな軽口とは裏腹に、隠しようもない強い眼光が、真っ直ぐ寺島を見据えている。

「何故でございます？」

寺島は、問うた。

「何故、斯様な仕儀に？」

「…………」

「あなたは一体、なにをなさっておられるのです、樫山様？」

「愛想がないのう、ゆき。そこは、謙士郎様、と呼ぶべきだろう、昔のように……」

「謙士郎…様」

寺島は辛うじてその名を呼んだ。

だが、その名を口にした瞬間、昔の思いが忽ち胸に溢れ、口にすべき言葉が声にならない。

「ゆき」

すると今度は、藍弁慶の男――謙士郎のほうが、遠い目をして寺島を呼んだ。

「まさか、お前が俺を追うことになるとは思わなかったな」

「…………」

「鉄三郎の命か？」

「…………」

「俺を追い詰めようと思うほど、いまは鉄三郎のことが大事か、ゆき？」

「お頭でございます故――」

「あのまま鉄砲組におれば、俺がお前の頭になっていたかもしれぬな。そうすれば、お前に追い詰められることもなかった」

「貴方様を追い詰めようなどとは、思っておりませぬ」

「だが、実際こうして追っているではないか」

「黙って姿を消したりなさるからです。お頭は貴方様のご友人なのですから、安否を気遣うのは当然でしょう」

「ふん、安否を気遣う、か……ものは言い様だな」

「どうか、もう、おやめください、謙士郎様」

寺島は懸命に懇願した。

「謙士郎様とお頭は、この世で最も大切な友なのではありませぬか？」

「ああ、友だ。無二の友だな」

至極あっさり、謙士郎は応える。

「あれほどいい奴……言葉を交わして心地よい相手とは、終ぞ出会えなんだ」

「ならば、何故、お頭を悲しませるような真似をなさるのです」

「そう言われてもなあ……」

「謙士郎様は、まこと、《黒夜叉》の隆蔵と通じておられるのですか？」

「通じているどころか、俺がその、隆蔵だよッ」

「え？」

悪ふざけとしか思えない謙士郎の言葉に、寺島が容易く戸惑ったところで、謙士郎はしばし言葉を止めた。

無言でじっと寺島を見つめ、その息苦しさに、寺島が思わず視線を逸らした瞬間、

「いまは俺よりも、鉄のほうが大切なのだな、ゆき？」

抜き身を突きつける鋭さで、謙士郎は問うてきた。

「…………」

寺島は応えられなかった。いつもの小賢しい寺島であれば、眉一つ動かさず、

「いいえ、謙士郎様こそが、最も大切なお方でございます」

と反射的に言い返せたであろう。

それが、できなかった。

まるで愚鈍な人間の代表みたいに、ただ呆然と謙士郎の顔を見返すだけだった。

「まあ、そうだろうな。……お前はそもそも、そういう奴だ」

「どういう意味です？」

「実の兄からは無視され続け、家族の中でも孤立して育った故、人には容易に心を開かぬが、一度信頼を寄せればその者に己のすべてを預ける。……俺に対しても、そうだった」

「…………」

「それ故、お前に俺を止めることはできぬぞ、ゆき」

「一体、なにをしようというのです？」

寺島は必死に問いかけるが、

「鉄三郎に言っておけ。俺は最早、呉下の阿蒙に非ず──だ」

すげなく言い捨てて、謙士郎は即ち踵を返した。行き止まりの筈の路地奥に向かって歩き出そうとするその背に、

「お待ちください、樫山様ッ」

必死に呼びかけつつ、寺島の手は無意識に大刀の鯉口を切っている。そのカチッという微かな音で、

「なんだ。やるのか？」

進めかけた足を止め、謙士郎は、さも億劫そうに寺島を振り向いた。

町人風体であるため、大刀は帯びていない。一体どうするのだろう、と思いつつ、寺島は鯉口を切ったままで、樫山めがけてゆっくりと歩き出す。間合いに入ったところで抜刀すればいい、と考えていた。

「私に、貴方様を捕らえることができぬかどうか、試してみますか？」

謙士郎に対して脅しは通用しない。

それ故、本気で立ち向かうつもりであった。寺島の表情から、それを察したのだろう。

「相変わらず、馬鹿なやつだ」

口の端を僅かに弛めて苦笑した謙士郎に向かって、まさに抜刀せんとした瞬間、寺島は後頭部に激しい衝撃を受けた。

（え⁈）

一瞬間、何が起こったのかもわからず、寺島はそのまま意識を失った。

第四章　途絶えた消息

一

千住郊外の農家の納屋で寺島靭負が目を覚ましたとき、おそらく意識を失ってから半日以上は経過していただろう。

体は縛(いまし)められておらず、ただ固い土間の上へ無造作に寝転がされていた。驚いたことに、納屋の出入口も特に塞がれておらず、自由に出入りできる状態であった。すぐには目を覚まさないだろうと踏んだのであろう。

(痛ッ)

おそらく木片のようなもので強(したた)か殴られた後頭部には忽(たちま)ち激痛が走ったが、それとは別に、どんよりと重苦しい倦怠感を全身に覚えた。

殴られて気絶させられた上、なにか体の自由を奪う薬を与えられたからに相違ない。殺すつもりがあれば難なく殺せた筈なのに、敢えてそうしなかった。

昔の誼(よしみ)で見逃してくれたのか、それとも、なにか別の目的があってのことか。

(大方、「お前など、いつでも殺せるぞ」、ということなのだろう)

それ故、生かされていることを、寺島は素直に喜べなかった。

(《下手人(げしゅにん)》を取り逃がした上、敵から情けをかけられて、まるで赤児同然にあしらわれるとは……)

寺島は深く己を恥じ、重い足どりで帰途に就いた。

千住宿で樫山謙士郎を見かけてあとを追い、その直後に後頭部を殴られ意識を失ってから、どうやら丸二日が経っていたということを、役宅までの道々で知った。それ故、益々気持ちも足も重くなった。

おまけに役宅御門をくぐったところで、

「お、やっと帰ってきやがったのか、ゆきの字」

ちょうど出かけようとしていた筧と鉢合わせしてしまった。

「おかげで、手間が省けたぜ」

「手間って?」

「ああ、おめえの戻りがあんまり遅えから、お頭が心配なさって、俺に探しに行け、ってさ。お頭は、ホント、おめえには甘いよなぁ」

「そんなことありませんよ。戻ってこないのが仮に篤兄だったとしても、お頭はご心配なさいますよ」

「そ、そうかな？」

「当たり前じゃないですか。……私は早速、お頭に帰還の報告をしてきます」

寺島の言葉で寛が気をよくしたその隙に、寺島は寛の前を素早く通り抜けて玄関の中に入った。

しかし、寛に告げた言葉と裏腹、その足どりは遅々として進まず、鉄三郎がいるであろう与力詰所がひどく遠く感じられる。

帰還したら、その旨を報告するのは部下として当然の義務だ。

だが寺島は、千住で謙士郎と出会ったこと、その際に交わした言葉を、鉄三郎に逐一報告すべきか否か、逡巡せずにはいられなかった。

（いっそ、戻ってこなければよかった）

とすら、思った。

それほどに、千住での謙士郎とのやり取りを、鉄三郎に聞かせることが躊躇われた。

「無事でよかった」

　だが鉄三郎は、寺島の顔を見るなり、ただ一言だけ述べた。

　それきり、千住でなにがあったか尋ねもせず、ただ寺島の次の言葉を待っている。

　寺島は仕方なく、謙士郎と出会(でくわ)し、その後捕らえられて千住郊外の農家の納屋に監禁されていたということを述べた。

「そうか」

　聞き終えてからも、だが鉄三郎は、自らなにも問おうとしない。

（お頭は、私を信じてくれているのに……）

　これからは、妙な忖度(そんたく)などせず、思うことを口にせよ、と言ってもらえたとき、寺島は震えるほどに感激した。

「お前の奸智(かんち)は火盗改にとって宝だ」

　とまで、言ってもらえた。

　その言葉を、おそらく寺島は一生忘れまい。

　で、ある以上、鉄三郎に対しては、決して偽りがあってはならない。

　寺島は、すべてを包み隠さず伝えねばとの決意を固めたが、とりあえず、彼にとっても謎であった、

「俺は既に、呉下の阿蒙に非ず」

という言葉だけを、鉄三郎に伝えた。

謙士郎からも、鉄三郎に伝えておけ、と命じられている。

それ以外に謙士郎と交わした会話は、二人のあいだの私的なものだ。報告する意味はない、と寺島は瞬時に判断した。

「なるほどのう」

鉄三郎はそのとき、仄かに微笑したように見えた。

（お二人のあいだだけで通じる、合い言葉のようなものなのか？）

そうであれば、謙士郎が、鉄三郎に伝えるよう、わざわざ念を押したことも理解できる。

呉下の阿蒙にあらず、の故事自体は『三国志』の呉の武将・呂蒙に因るもので、講談によくかかる題材でもあるため、広く庶民にも知られている。

同じく、呂蒙が言ったとされる、

「士別れて三日ならば、即ち更に刮目して相待つべし」

と、ともに、巷間知られた名言の一つであった。

呉の武将・呂蒙は、かつては武芸一辺倒だったがのちに学問にも励み、文武両道の人物となったことから、「呉下の旧阿蒙」とは、いつまでも進歩のない、成長しない人間をさす言葉として使われるようにもなった。

鉄三郎と謙士郎は竹馬の友だ。『三国志』の英雄たちに憧れ、それぞれにお気に入りの英雄たちについて語らったことも多かったろう。

「樫山様は、『三国志』では、孫権が贔屓だったのでしょうか？」

何気ない口調で、寺島は鉄三郎に問うた。

「いや、あいつは無類の曹操好きだ。ああ見えて、存外腹黒いところがあった故、我がことのように思えたのであろう」

「そうでしたか」

寺島は些か意外に思った。

樫山と寺島が出会ったのは、寺島が既に元服し、初出仕をしたあとのことだ。職場で出会った先輩と後輩は、物語として武家の子らを楽しませている『三国志』の話などは、殆どしない。寺島は、樫山の「推し」が曹操だったということすら、知らなかった。

「旧阿蒙にあらず、か……」

ふと、鉄三郎は呟いた。継いで、

「決別の言葉かな」

　寺島への質問とも、自問とも定かならぬ言葉を口にした。

「え？」

「いや、なんでもない。……引き続き、千住宿を探索せよ。篤にも手伝わせろ。千住にいたということは、屹度なにか意味があるのだ」

「はい」

「千住の周辺に盗っ人宿を設ければ、江戸での盗みにも都合がいいし、万一しくじって逃げねばならなくなった場合でも好都合だ」

「確かに――」

　鉄三郎の言葉に応えつつ、だが寺島は激しい不安に陥った。

『三国志』のお気に入りの人物が誰なのかさえ知らなかったように、寺島は樫山謙士郎という男のほんの一部分しか知らない。

　だが、鉄三郎は、知っている。子供の頃の謙士郎がなにを好み、なにを夢見ていたか。知るからこそ、いまの彼が何を考え、何をしようとしているのか、鉄三郎にならわかるかもしれない。

（だとしたら……）

千住で謙士郎と交わした言葉をすべて鉄三郎に伝えるべきではないのか。私的な会話であっても、矢張りそのすべてを鉄三郎に告げ、判断を仰ぐべきではないのだろうか。

「あの、お頭……」

寺島が言いかけたとき、だが、不意にバタバタと駆け込んでくるけたたましい足音が渡り廊下の彼方から響いてきた。

「あの足音は、篤だな。日頃から、お役宅では静かにせよ、と厳しく注意しているというのに……ったく、しょうのない奴だ」

鉄三郎が激しく舌を打つのと、

「お頭ッ」

野獣の咆哮にも似た篤の声を聞くのとが、ほぼ同じ瞬間のことだった。

次いで、ダンッ、と激しく膝を衝く音がし、

「一大事にございますッ」

障子の外から、篤が言う。

「何事だ?」

片手を伸ばして障子を開け放ちつつ、厳しい顔つきで鉄三郎は問うた。

「ただいま、お役宅の裏門より、複数の賊が侵入せんとし、飛び道具のようなものを用いて邸内を騒がせました」

「なんだと⁉」

「あ、いえ、ですが、我らが直ちに駆けつけ、取り押さえましたので、いまはもう、鎮まっております」

筧は慌てて言い継いだ。

「賊は全員捕らえたのか？」

「いえ、あの、多少は取り逃がしましたが……」

「なんだと？」

「その、なんて言いますか……結構大勢いましたもんで……」

「何名ほどだ？」

「それがしが駆けつけましたときには、六〜七名ほど……」

「六、七名の者が、すべて飛び道具を手にしていたのか？」

「飛び道具といいますか、なんか、こう……」

「なんだ。はっきり言わぬかッ」

なにやら煮え切らぬ筧の言葉に焦れ、鉄三郎はつい声を荒げる。

「いえ、そのなんですか、こう、地面に投げつける爆薬みたいなものといいますか……」

「爆薬だと⁈」

「いや、爆薬とはちょっと違うのかなぁ……大きな音が出て、煙がたちのぼるんですよ。それがもう、煙くて煙くて……」

「それは煙玉(けむりだま)です、篤兄」

見かねた寺島が、すかさず横から口を挟む。

「煙玉とは、伊賀者などが目眩(めくら)ましのためによく使うやつか？」

チラッと寺島を一瞥(いちべつ)しつつ、鉄三郎は問う。

「はい。地面に叩きつけたとき、とても大きな音がしますので、知らない者は爆薬だと思って驚きます」

「とにかく、捕らえた賊を取り調べよう」

鉄三郎は直ちに腰を上げ、部屋を出た。

篁と寺島がそのあとに続いたことは言うまでもない。

ところが——。

筧が捕らえた者というのは、役宅に出入りしている八百屋の親爺一人だけで、いつものように裏口から出入りしようとしたところを、あとを尾行けてきた男たちに脅されていただけなのだという。

「どういうことだ、篤？」

「え？……いや、そんな筈は……」

鉄三郎に厳しく詰問された筧は、完全に混乱し、しどろもどろとなる。

「八百屋を捕らえるのに躍起になり、肝心の賊には逃げられたのかッ」

「いえ……まさか、そやつが八百屋とは……」

「篤ッ！」

「も、申しわけございませんッ」

ついに筧は、その場に跪いて深々と頭を垂れる。

「賊は……そ、その、…実にすばしこい連中でして……その、煙玉ってやつを見境なく投げつけてきやがりまして……」

「お前は一体、なにをしていたのだ？」

「こ、こいつを捕らえましたので、充分かと……こいつを責めれば、奴らの目的も隠れ家も聞き出せるかと……」

「馬鹿か、お前は。こいつは出入りの八百屋の親爺だぞ。見てわからなかったのか?」

「あ、あたり一面…ものすごい煙がたちのぼってましたもんで……そりゃあもう、すごい煙でして……」

鉄三郎の厳しい譴責に、筧が交々と言い訳しているところへ、騒ぎを聞きつけたのか、血相を変えた森山がやって来た。

普段なら足を踏み入れたがらぬ仮牢に自ら足を踏み入れたのは、余程動顛しているからに相違ない。

「おい、剣崎、どういうことだ? これは一体なんの騒ぎだ?」

「伊賀者と思われる賊が数名、出入りの八百屋を脅して裏口から侵入せんとした模様です」

「なんだと?!」

森山の顔色が、忽ち赤から青へと変わってゆく。賊の侵入と聞いて、以前の悪夢が脳裡に甦ったのであろう。

あのときは、賊が事前に屋敷へ送り込んだ庭師が手引きして、仲間を邸内に導き入れた。あれ以来、鉄三郎に言われたとおり、新たに人を雇い入れる際には万全を期し、身元の定かならぬ者、歴とした身元引受人のおらぬ者は一人も屋敷に入れてはいない。それ故賊は、出入りの八百屋を利用したのでろう。

森山の顔色が変わるのも当然であった。

こう、次から次へと、あの手この手で危険な間者を送り込まれては、気の休まるときがない。

「ご安心ください、お頭。賊は全員、逃げ去ったようでございます」

それ故鉄三郎は、森山を安心させようと、敢えて冷静に告げたのだが、

「わからぬではないかッ」

森山は激昂した。

落ち着き払った鉄三郎の顔つき口調が、より甚だしく、森山の怒りを引き出したことは間違いなかった。

「あたり一面に濛々たる白煙がたちのぼり、しばし視界が遮られていたと聞いたぞ。その煙に身を隠して、一人か二人は邸内に侵入したかもしれぬではないかッ」

「…………」

鉄三郎は絶句した。

あまりに必死な森山の言葉で、彼は卒然と覚ったのだ。

（しまった！）

覚ると同時に、

「篤、姫、いますぐお役宅内を隅から隅まで探索するのだ。煙に紛れて、邸内に侵入した者がおらぬとも限らぬ」

身近にいた部下に命じる。

「えッ？」

「………」

覚は鉄三郎の言葉の意味がわからずポカンとしたが、寺島は直ぐに事の次第を察して顔色を変えた。

「他の者も、手のあいている者は皆、捜索にあたるよう命じよ」

「はいッ」

鉄三郎の言葉で直ちに動き出した寺島を見ると、覚も無言でそれに倣う。

「いや、俺も行こう」

思わず呟き、自らも二人のあとを追って歩き出そうとしたとき、傍(かたわ)らで、いまにも失神しそうになっている森山に気づいた。

「剣崎……」

「奥方様とお子様たちは、いまは母屋のほうにおられますか？」

「いや……」

すっかり血の気の失せた顔で、森山は僅かに首を振る。

「綾乃と子らは、いまはこの家におらぬ」

そのことを、鉄三郎に問われて漸く森山は思い出したのだ。思い出すとともに、悪夢から覚めたかの如き安堵が全身に広がっていったのだろう。

「女房殿の実家の父……舅殿の加減が悪いそうでな、昨日から、皆を見舞いに行かせている。…もし相当具合が悪そうであれば、儂も行かねばならぬ故、泊まるがよい、と言ってある。それ故泊まったのだな。ということは、儂も行かねばならぬ、ということだ」

淡々と述べる森山の面上には、見る見る安堵の笑みが滲んでいった。

「では早速、いまよりお発ちくださいませ」

鉄三郎は恭しく森山を促した。

「それがしが、お供いたします」

凶悪な賊が潜んでいるかもしれない役宅内から、いまは一刻も早く、森山を退去させたかった。

「おい、ゆきの字、一体どういうことだよ？」

仮牢の前の石畳を足早に行く寺島と並走しながら、筧は、その仄白い横顔に問う。

「煙に紛れて、邸内に忍び込んだ者がいないとも限らない、ということですよ」

「え？」

筧はさすがに絶句する。

「まさか……」

「はじめから、そのつもりで煙玉を使ったんですよ」

「そ…そうなのか？」

「賊は、全部で何人いました？」

「そんなの、よくわかんねぇよ」

「え？」

投げやりな筧の返答に、今度は寺島が絶句する。

「お前が帰ってきたんで、俺ァ、千住に行く必要がなくなったろ。で、玄関を掃いてた下働きの猫爺さんと話し込んでたの。…いや、猫ってのは名前じゃねえぜ。名前なんて、知らねえ。でも、顔つきが、なんとなく、年寄りの猫みてえだろ。とにかく、話が面白ぇんだよ、あの爺さん。……そしたら突然、台所のほうで、騒ぎ声がしてさ、俺が行ったときにはもう、裏門のあたりに、濛々と煙があがってたんだよ。まるで、火事場みてえだったんだぜ」

「それじゃあ、賊の人数が全部で六、七人というのは？」

　寛の無駄なお喋りが漸く尽きたところで、寺島は問い返した。

「だって、わからねぇ、なんて言えねえだろ。お頭、すげえ怒ってるし。……だから、とりあえず六、七人て言っちまったが、本当はよくわからねぇよ」

「………」

　寺島は思わず寛を顧みた。

　この男の思考の中には、とにかく鉄三郎を怒らせないこと、という一事しかないのだろうか。そのためなら、あれほど敬愛している相手にも、平然と嘘を吐く。

（冗談じゃない）

　寺島は呆れるとともに、心中おおいに憤った。樫山とのやり取りをすべて鉄三郎に告げるか否かであれほど悩んだ自分が、愚か者にしか思えない。

（それにしても……）

　役宅への襲撃は、確かに唐突だった。

しかし、火盗改の役宅へ、斯くも大胆なやり口で侵入せんとする者を、容易く招き入れてしまうとは——。

（まさか、樫山様の計略では？）

寺島は咄嗟にそのことを考えた。

千住宿で自分を拉致し、しばし足止めした。

いつまで経っても戻らぬ寺島を、鉄三郎は相当案じた筈である。そういう鉄三郎の気質を、樫山謙士郎は知り尽くしている。

平素なら、鉄壁の守りを誇る火盗改の役宅も、或いは隙だらけであるかもしれない。それ故、そろそろ正気づいた寺島が帰還するかもしれない頃おいを狙って、襲撃させたのではないか。

森山に叱責された際の鉄三郎の狼狽ぶりを見て、寺島は咄嗟にそこまで想像した。

（一体、なにがしたいんだ？）

無二の友である筈の鉄三郎を困らせたいのか、失脚に追い込みたいのか。二人のあいだになにか確執があったというなら別だが、そんな話は聞いていない。

（千住で会ったとき、異様にお頭を意識されているとは思ったが……）

焦る気持ちの一方で、寺島は、冷静にならねば、と懸命に己を律した。律しつつ、

「じゃあ篤兄は、肝心の賊の姿を全然見てないの？」

覚に問うた。

「いや、見たよ。黒装束の野郎どもが、五、六人……いや、四、五人だったかも……」

「黒装束？」

「ああ、顔も黒い布で覆ってたぜ」

「…………」

（では、やはり伊賀者なのかな？）

寺島は咄嗟に逡巡した。

侵入者の正体が伊賀者であるとすれば、その狙いは、鉄三郎を路上にて襲撃し、逆に捕らわれた六蔵の救出であるとも考えられる。

「どうした、ゆきの字？」

「私はお頭の指図どおり、お屋敷内の捜索を行いますから、篤兄は、仮牢の六蔵を見張ってください」

「なんでだよ？」

「侵入者が伊賀者であれば、六蔵を取り返しに来た可能性もあるからです」

「何処に潜んでいるかもわからぬ者を闇雲に捜し回るよりは、ずっといいですよ、篤兄。もし、捕らえられたら、お手柄です」

「ああ?」

「おう、わかった」

筧は素直に踵を返し、仮牢のほうへと戻って行く。

野性の勘が働くのか、こういうときの筧は妙にものわかりがよい。

(でも、あんなに足音たてたら、賊にも聞かれちゃうのに……)

内心嘆息しつつ、寺島は己の向かうべきところへと足を進めた。

謙士郎がなにを企んでいるにせよ、侵入した賊が向かうとすればそれは、鉄三郎の身辺に近いところに違いない、と予想したのだ。

二

「なんだ、てめえらはッ」

そのとき、屋敷中を震撼させるかのような怒声が、邸内に轟いた。

寺島が、仮牢の六蔵のもとへ行くよう筧に指示した、その少しあとのことである。

（え？）

寺島は足を止め、その場で声のしたほうを顧みた。確かに、役宅最奥の、仮牢の方角だ。

（じゃ、本当に伊賀者が仲間を取り戻しに来たってことか？）

首を捻りつつも、寺島は直ちにそちらへ向かう。

（そもそも伊賀者に、仲間に対する情なんてものがあるのか？）

訝(いぶか)りながらも、六蔵が捕らわれている側の牢の入口から中を窺うと、賊どもは例によって煙玉を放ったようで、甚だしい白煙が漏れてくる。

「畜生、この野郎ッ……ちょこまかと、鼠(ねずみ)みてえな奴らだなぁ」

怒声とともに、ドカドカと激しく動く筧の気配がする。

だが、筧の発する派手な足音のせいで、中の様子を窺うことが難しい。

（まずいな。……視界を奪われた上、伊賀者の動きに翻弄されているぞ、篤兄——）

一瞬焦れてから、寺島はふと思いついて踵を返した。

（多分そんなに大人数じゃない）

それでも、辛うじて気配を察した。

それ故寺島は、手近なところにある武器蔵に飛び込み、目についた弓と矢の束を

――矢筒ごと手に取った。

取ると同時に、身を翻して仮牢に戻る。

この間、寺島以外の者にとっては、ものの寸秒のことである。

「篤兄ッ」

白煙の満ちる牢の中に向かって、寺島は呼びかける。

「おう、なんだ、ゆきの字」

「少しの間、隅のほうで小さく蹲っててください」

「なんでだよ？」

「いいから、お願いしますッ」

「おう」

篤は直ちに従った。

こういうとき、すぐに察してくれる篤の勘の良さは本当にありがたい。

篤の気配が潰えたところで、寺島は弓に矢を番えつつ、入口から一歩中に踏み入る。

入ったときには目を閉じていて、グッと引き絞りざま、無造作に放つ。

その矢が真っ直ぐ、
しゃッ、

と放たれ、白煙の中へと呑まれた次の瞬間、

「ぎゃッ！」

男の悲鳴がした。

寺島はもう一矢手に取ると、同じ為様（しざま）でまた無造作に放つ。

「痛ッ」

別の男の悲鳴がした。

「篤兄、賊は二人ですか？」

「ああ、そうだ。こいつら、俺を見るなり、煙玉を何発も投げつけてきやがって……この野郎ッ、よくも、ふざけた真似をしてくれたなぁッ」

言い様、既に立ち上がっていた筧は、腕か肩かを射られて蹲った男の体を乱暴に蹴りつける。

「痛ぁ〜〜〜ッ」

筧の全力の蹴りを食らって平然としていられるわけもない。そいつは一蹴で悶絶した。

筧は更にもう一人の賊に近づくと、

「こいつッ」

襟髪(えりがみ)を引っ摑んで引き起こしざま、その横っ面を拳固で殴りつける。

ぐぎゃッ、

と激しい殴打の音だけがして、

「…………」

そいつは声もなく昏倒したようだった。

(矢傷を負った上に篤兄に殴られて……可哀想に)

寺島は心の底から気の毒に思った。

白煙は未だ完全に薄らいではおらず、相変わらず視界の悪いままだったが、筧には、傷ついて動けなくなった賊の居場所が簡単に知れたようだ。

寺島が賊の居場所を特定して矢を放つことができたのは、彼らがその身に帯びてきた煙玉のせいで、微かに火薬の臭いがしていたためだ。

筧の場合は、彼らが手傷を負うことで生じた血の臭いに反応した。

(さすがだ、篤兄——)

やがて白煙が薄れ、牢内の様子が容易に窺えるようになったとき、意識を失った二人の賊をそれぞれ捕らえて仁王立ちした筧と、牢格子の中から、恐怖に引きつらせた顔でそれを見ている六蔵の姿が寺島の目に映った。

「ふざけやがって、こいつら……くたばるまで責めてやっからな」

意識のない二人の賊の体を無造作に足下へ投げ捨てざま筧は言い放った。既に顔を被（おお）った黒い布は外れ、意外に若いその素顔が曝されている。

（くたばるまで責めちゃったら、なんにも聞き出せないよ、篤兄）

意識もなく、既にぐったりしている二人を責めると思うと、寺島の心は一層痛む。

（でも、案外、あっさり吐くかもしれないけど……）

と、寺島が思ったところへ、

「捕らえたか」

森山を、家族の待つ妻の実家へと無事に出立させた鉄三郎が戻ってきた。

「お頭」

「はい、ご覧の通り、捕らえましたぞ、お頭」

元気いっぱい、筧は応える。

いつものことだが、鉄三郎の顔色など、ろくに見ようともしない。

「こやつらは、どうやら、六蔵とともに俺を襲った伊賀者のようだ。見覚えがある」

「え？」

筧と寺島は異口同音に問い返す。

「六蔵のやつ、『忍びは、そもそも同朋を仲間などとは思っておらぬ。それ故容易く見捨てることができる』などと、偉そうなことをほざいておったが、結局このざまだ」

鉄三郎は言葉を継ぎ、

「しかし、こうも易々と邸内への侵入を許すなど、あってはならぬことでした」

寺島は忽ち過剰に反応した。

だが、そんな寺島を見返す鉄三郎の目は存外優しい。

「間違っても、己のせいだなどとは、思うなよ、《姫》」

「え？」

「お前は知恵がまわり過ぎる」

「………」

「どうせ、千住で足止めされた自分が役宅に帰還した直後を狙って賊が仕掛けてきた、とでも思っていたのだろう」

「………」

「図星か」

鉄三郎はふと口許を弛める。

「だが、どうやら違っていたな。残念ながら、こやつらは謙士郎の手先ではない」

「ま、まだわかりません」

鉄三郎の口からその名が出たことで、寺島は明らかに動揺した。

「そもそも、お頭を襲った者たちだというなら、金で雇われている可能性は充分あります」

「それはそうだが……しかし、そうではないという可能性もある」

「…………」

「知恵がまわりすぎるというのも、考えものだな、《姫》」

ニヤリと笑って鉄三郎は言い、寺島は即ち絶句した。

三

火盗改の役宅に侵入して捕らえられた二名は、それぞれ、名を、「富吉(とみきち)」「田助(でんすけ)」といった。

鉄三郎が容赦なく斬り捨てた二人も含め、五人で伊賀の里を抜け、江戸に来たのだという。

「江戸でなら、絶対に一旗揚げられると思ったのです」

　富吉と田助が、ともに目の前で捕らわれてしまってからの六蔵は、それ以前、鉄三郎らに見せてきた虚勢が、すっかり吹っ飛んでしまったようだった。二十二歳という年齢なりの幼い顔つきに戻り、問われたことには素直に応えた。

「折角、優れた忍びの技を持ちながら、田舎で百姓をして朽ち果てるなど、真っ平だと思いました」

「それで、江戸に出て、一旗揚げられたのか？」

「仕事は、ありました。……我らが、盛り場などで諍いに巻き込まれ、ちょこっと腕前を見せれば、大金で雇うてくれる者はいくらでもいました」

「此度俺の命を狙ったのも、そういう雇い主の命によってか？」

　鉄三郎は淡々と問うてゆく。

「俺の命を狙い、首尾よく命を奪えなかった場合には虜となり、雇い主の名を、南町奉行の坂部能登守様と言えと、命じられたか？」

「はい、そのとおりでございます」

「それで言い逃れられると、本気で思うたか？」

「………」

「それとも、火盗改の与力と雖も、伊賀の忍びが五人がかりであれば、容易く殺せると思うたか？」

「はい……」

少し躊躇ってから、だが六蔵は肯いた。

「この野郎ッ」

悪鬼の形相で六蔵を睨み据えていた覚が、その途端飛び掛かろうとするのを、寺島が咄嗟に——そして必死に抑え込む。

「お頭のお取り調べの最中ですよ」

小声で耳許に囁くと、さすがにおとなしくなったが、

「けどよう、あの野郎……」

顔つきは不満そうであった。

鉄三郎のことを、容易く殺せると思っていた、と言われては当然の反応だろう。だが、

「なるほどのう、鬼剣崎もなめられたものよのう」

何故か楽しげな口調で鉄三郎は言い、六蔵の顔にしみじみと見入る。六蔵は、気まずげに口を噤んで目を伏せている。

あの夜の鉄三郎の、まさしく鬼神の強さを思い出すと、とてもまともに目を合わせることなどできぬ筈だ。富吉と田助の二人も同様であった。

罪人にとっては、地獄の閻魔さながらに冷厳な口調で、鉄三郎は述べる。

「お前たちは、決して許されぬ三つの罪を犯した」

「一つは、そもそも、たいした望みもないくせに故郷を出奔し、江戸に来たこと。江戸は、故郷を捨てた者たちの吹き溜まりではないぞ」

六蔵はもとより、富吉と田助も返す言葉はなく、一層深く項垂れる。五人でいれば無敵と思っていたところ、同朋二人が鉄三郎によってあっさり斬られたことは、彼らにとっては途轍もない衝撃であった。

その後、兎に角首領格である六蔵を助けねばと思い、生き延びた富吉と田助は懸命に思案を巡らせた、という。

六蔵が捕らわれた火盗改の役宅を、連日見張っていた。

その挙げ句、出入りの八百屋を利用する手立てを思いついたのだという。

「お屋敷に入り込んでしまえば、こちらのものだと思っておりました。……六蔵を救い出せれば、なんとかなると思うておりました」

「二つめの罪は、まさにそれよ。罪人として捕らわれている者を、牢より逃そうとする。大した策もないくせに。……八百屋の五助（ごすけ）を利用してまんまと邸内に入り込めたのは、そもそも、奇跡でしかないのだぞ」

「…………」

鉄三郎の厳しい指摘に、六蔵も他の二人も、もとより返す言葉はない。

「そして、三つめの罪だ。雇い人の要請により、お前たちは俺の命を狙った。その結果、大切な同朋が二人、命を落とした。お前たちは、同朋の亡骸（なきがら）を見捨てて逃げた。それがなにより、許されぬ罪だとは思わぬか？」

鉄三郎の容赦ない追及に、三人は深々と頭を垂れた。

俯いて鼻を鳴らし、鼻を啜り、やがて湿った嗚咽の声を漏らす。

六蔵も他の二人も、狙った相手からはじめて返り討ちに遭ったという衝撃で、これまで同朋の死を悲しむことさえ忘れていたのだろう。

鉄三郎の言葉で、不意にそれを思い出した。

「えっえっえっ……」

三人は、一様に啜り泣いていた。

身も世もなく、幼児のように泣きじゃくるその姿に、嘘はないように思われた。或いは、それが虚偽の擬態であるなら、そんな奴らに、生きる資格はない。

それ故鉄三郎は、三人が思う存分に泣き、そして泣きやむのを根気強く待った。

漸く泣きやみそうになったところで、

「もうそろそろ、いいだろう？」

鉄三郎は静かに問うた。

「お前たちを雇ったのが何処の誰か、教えてくれぬか？」

「………」

「本当は、伊賀の里に戻りたいと思っているのではないか？」

という鉄三郎の問いに、三人は再び泣き出しそうな気色をみせる。

「雇い主のことを教えてくれるなら、戻してやらぬでもない」

「え?!」

という無言の驚きは、問われた三人以外、筧や寺島といった火盗改の同心全員から発せられた。

「お前たち、金で雇われるまま、これまで幾人の人の命を奪った？　五人か？　十人か？　…或いは、それ以上か？」

「………」

「人を殺せば、誰でもその報いをうけねばならぬ。三つの子供でも知っていることだ。

だが、すべては、お前たちが俺を襲う以前のことだ。我らは町方ではないから、過去の殺しについて調べようとは思わぬ」

「えッ」

三人は異口同音の声を上げた。

「見逃してやってもよい、ということだ」

「そ、それは……」

まことでございますか、と言いかける六蔵の言葉を中途で遮り、

「だが、どうしても教えぬつもりなら、面倒なお裁きなど待たず、この場で死罪、揃って打ち首だ。……お前たちの死骸は、処刑された罪人の死骸を放り込む、無縁仏の寺へ引き渡して、それで終いだ。ああ、俺が斬ったお前たちの同朋も、同じ寺に眠っている。よかったな、あの世で再会できるぞ」

冷酷な獄吏の言葉を言い放つ。

「…………」

「そんなことは、百も承知の上で故郷を出奔し、江戸に来たのであろう?」

応えぬ三人に、鉄三郎の追及は続く。

「ならば、どこで生涯を終えても、文句はないだろう」

「ど、どうか、お許しくださいッ」

三人は、揃って鉄三郎の前に両手をつき、頭を下げた。

「我らに、剣崎様のお命を狙うように言ってきた相手が何処の誰かは、本当にわからないのです」

三人を代表して、六蔵が言った。

「仕事を請け負うた際、礼金は既に前払いで貰っているのです。それ故、名など聞く必要はなかったのです」

「随分と、迂闊(うかつ)で気前のよい雇い主ではないか。万が一にも、お前たちが失敗するとは思わぬとはな」

「…………」

「現にこうして、失敗したわけだが」

「…………」

「失敗してお前たちが返り討ちに遭うか、捕らわれるかしても、雇い主に累(るい)が及ぶことはない。……要するに、お前たちはその雇い主に利用されたのだぞ。お前たちを雇った者は、はじめから、お前たちを捨て石にするつもりで雇ったのだ。それがわかっても、悔しくはないのか？」

「悔しいです」

六蔵は素直に認めた。

その真摯な顔つきに嘘はないように見えた。

四

「よいか、金太」

口調を改めて、鉄三郎は言った。

「これより三日のあいだ、お前には仮牢に入ってもらう」

「はい」

金太は神妙な顔つきで聞いている。

「お前の入る畳敷きの牢からは見えぬが、石畳を隔てたところにある揚り屋牢の中に、三人の若い男が入牢している。こやつらの交わす言葉に耳を傾けてくれ」

「ええ、一言だって聞き漏らしはしませんよ」

と、狡賢（ずるがしこ）そうな細目を笑ませて、《真桑》の金太は請け負った。

金太はそもそも、その異常なまでの聴力を見込まれ、火盗改の役宅に送り込まれた間者であった。

だが、その能力が判明したあと、金太自身には、さほどの余罪もないということがわかると、火盗改の頭である森山は、異能の持ち主を、正直持て余した。盗み聞き、という行為が、それ自体で罪になるという法は、残念ながらどこにもないのだ。

それ故鉄三郎は、森山の許しを得て、金太を役宅の中間(ちゅうげん)長屋に住まわせることにした。平素は、森山家の中間としての勤めを果たして扶持(ふち)を貰うが、何か事が起これば、その能力を、無条件で火盗改のために提供させる。そういう約束での、格別のはからいである。

それは金太も重々承知している。

盗み聞き自体が罪に問われないとはいえ、かつては盗賊の一味に属し、その一味のために働いていた、という前科は消えない。よくても、遠島あたりが妥当な罰だ。

だが、遠島は、江戸払よりも敲(たたき)よりも、金太にとっては最も辛い罰であろうということを、鉄三郎は察した。それ故、

「今後、我ら火盗改のために、その能力を使ってくれるなら、お前の罪は不問に付す」

と告げた。

「どうせ、遠島か、それ以上の刑に服することとになる。それが、江戸にいられる上、火盗改の庇護の下、安穏と暮らせるのだぞ」

「…………」

狡賢い金太の狐顔が、無防備な歓びに染まった瞬間だった。

「万一逃げたりしたら、地獄の果てまでも追いかけ、必ず八丈送りにするぞ」

「に、逃げるなんて、滅相もない。…それに、もうどこにも行くとこなんてありませんし、よろこんでこちらのご厄介になります」

「うむ、それがよい。…されば、ときには、お前の大好きな責めをくれてやらぬでもないぞ」

「え？」

「筧篤次郎にやらせよう」

「筧様に……」

金太の目には、最早歓喜の色しかなかった。

そんな経緯で、《真桑》の金太は、少々変則ながらも、火盗改の密偵となった。

その金太を、鉄三郎は役宅の牢に入れた。

同じ揚り屋牢の中には、六蔵、富吉、田助の三人以外、他の囚人はいない。見張りの者にも、なるべく彼らの視界に入らぬところから見張るよう命じてある。

三人に、周囲を気にせず、無防備に言葉を交わさせるためだ。その言葉の中に、なにか彼らの雇い主に繋がるものがないか、探りたかったからに相違ない。

死んだ仲間を想って流した彼らの涙に嘘があったとは思わない。だが、彼らの言葉にも嘘がないかと言えば、そこは甚だ怪しいものだ。

(伊賀者の言葉は信じられぬ)

それが鉄三郎の信念であった。

だが——。

「それが、そのぉ……」

三日後、牢から出された金太は、困惑しきった顔つきであった。

「竹(たけ)と虎(とら)が死んじまったのに、どの面(つら)下げて、里へ帰れるんだとか、帰れねえとか……」

「他には?」

「鬼剣、怖すぎる……とか」

話の内容が内容だけに、金太のほうでも多少の忖度はする。

鉄三郎に対する悪口と思えば、易々と口にすることは躊躇われた。

「ちゃんと報告しないと、佐渡送りだぞ、金太」

仕方なく、鉄三郎がやんわり脅すと、

「はっ……いえ、鬼剣が怖すぎるのと、仮に許されてお解き放ちになったとしても、本当に里へ帰ってもいいのか、どうか……みてえなことを、夜どおし話しておりました」

背筋を伸ばして、金太は答えた。

「他には？」

それでも、なお執拗に、鉄三郎は問うた。

「ええと、他には……」

鉄三郎の剣幕がただ恐ろしくて、金太は懸命になにかを思い出そうと努める。

「あ！」

「なんだ？」

「…………」

「思い出したなら、すべて言え」

「ですが、あの……」

「すべてを聞いてこい、と命じた筈だぞ、金太。それが果たせぬのであれば、最早うぬをとどめている意味はない。佐渡と八丈島、どちらがいい？」

「お、女のことを話していましたッ」

金太は思わず言い募る。

「女？」

「内藤の……《錦糸楼》とやらいう茶屋の妓で、すごくいい女がいたとかなんとか……でも一人が、自分はやっぱり、吉原の女のほうがいい、と。里に戻ったら、もうあんないい女にはお目にかかかれないだろう、とも。……本当に、女の話ばっかりしてたんですよ、あいつら——」

「それは嘘だな」

「…………」

「お前は、あるところまでは真面目に聴いていたが、あまりにくだらぬ話しか聞こえてこぬので退屈し、大方途中で寝てしまったのだろう？」

「…………」

「違うか？」

「い、いえ……」

「殺すぞ」

「も、申しわけありませんッ」

耳許で低く脅されて、金太は直ちに謝った。

「今度は眠らずに、ちゃんと全部聞きますから、もう一度、あっしを牢に入れてください
さいッ」

「いや、それには及ばぬ」

だが鉄三郎は軽く首を振ると、

「ご苦労だったな。もう長屋に戻ってよいぞ」

今度はあっさり労をねぎらう。

金太の話を聞く間に、彼の中でなんらかの気持ちの変化があったのだろうが、金太にはわからない。

「あ、あの、本当によろしいので？」

己の耳を疑った金太は恐る恐る問いかけたが、

「ああ、もうよい。俺の見込み違いであったのかもしれぬ」

更に耳を疑うようなことを言い、鉄三郎はその場から立ち去った。

それからまもなく、鉄三郎は伊賀者の六蔵たちを、揚り屋牢から、他の科人も収監されている仮牢に移した。

「あの者らを、本当にお解き放ちになるおつもりですか?」

「まあ、何れ(いず)はな」

寺島の問いに、鉄三郎は曖昧に応じた。

鉄三郎の自宅で、酒をふるまわれているときのことだ。

「何れ、でございますか?」

「いますぐ解き放っても、奴らが里へ戻るとは限らぬ。いまのままでは、また同じことをせぬとも限るまい」

「森山様は、あの者たちを一日も早く小伝馬町(こでんまちょう)へ送られることを望んでおられるのではありませぬか?」

「ああ、奥方様のご実家から戻られるなり、そう仰有(おっしゃ)られたが、あの者たちについては、まだ調べねばならぬことがあるから、と言ってある」

「まだ調べることが?」

「方便(ほうべん)だ」

鉄三郎は真顔で答える。

その鉄三郎の横顔をしばし無言で見つめてから、

「もしやお頭は――」

言いかけて、だが寺島は中途で言葉を止めた。

「なんだ？」

「いえ、あの……」

「また、お前は……なにか存念があれば、遠慮せずに申せ、と言うたであろうが」

苛立った様子で鉄三郎が言うと、

「お頭は、あの者たちを密偵にしたいとお考えなのではありませぬか？」

寺島は慌ててそう問うた。

鉄三郎の心中を小賢しく忖度した、と思われるのがいやで、つい口にするのを躊躇ったが、既に鉄三郎からはそれを厳しく禁じられている。

「ふふ……」

寺島の問いに、鉄三郎は思わず低く含み笑った。

「見当違いでございましたなら、申しわけございませぬ」

「いや、お前の言うとおりだ」

鉄三郎は更に笑い声を漏らす。

「さすがは、《姫》だな」

「恐れ入ります」

「だが、如何にそう願っても、これぱかりは容易に叶わぬだろう」

「確かに、伊賀者を配下に加えれば、なにかと役に立つかと存じますが」

「だが、俺はあの者たちの同朋を手にかけた仇だ。おいそれと言いなりにはなるまい」

「ですが、それは……」

「ことを急いてはならぬ、ということだ。ときをかけてゆっくりとあの者たちの心をときほぐすか、或いは……なんらかの策を用いるか、だ」

言ってから、鉄三郎はつと寺島を顧みた。

「なにかよい策を思いついたら、腹にためず、すぐに言えよ、《姫》」

「はい」

「それはそうと、千住のほうはどうなっている?」

「それが……」

話題が変わって、寺島は忽ち眉間を曇らせる。

「連日、丸山殿、筧殿、それに私と交替で千住宿とその周辺を調べているのですが、さっぱり……」

「なにも、摑めぬか？」

「はい」

答えつつ、寺島は無意識に唇を嚙んだ。

千住の地名を聞くだけで、一度は敵の虜となりながら、その命を貸し与えられたかのような屈辱で、眩暈がする。

あれから、謙士郎を見かけた問屋街を中心に、旅籠や茶屋が多く建ち並ぶ、所謂岡場所へも足を運んだが、なんの手がかりも見出せてはいない。

「こちらも、見込み違いであったかのう」

やがてポツリと鉄三郎は言い、いつのまにか空になった猪口を、膳に戻した。

寺島が徳利の首を摑んで注ぎかけようとするが、無言で首を振った。

あれ以来――千住宿の問屋街で寺島が見かけて言葉を交わしてから――樫山謙士郎の消息は、完全に途絶えている。

その後寺島は、あの日謙士郎と交わした言葉のすべてを、極力ありのまま鉄三郎に伝えたが、それを聞かされても、鉄三郎の胸に閃くものはなにもなかった。

（謙士郎は、明らかに人が変わってしまった）

のだと、鉄三郎は思った。

全くの別人になってしまった男の思考など理解できる筈もないし、したいとも思わない。

これ以上、謙士郎の消息を追うことが、果たして正しいことなのか、己の為すべきことなのかも、鉄三郎にはよくわからなくなっていた。

第五章　藪の中

一

一歩店の中に入ると、濃厚な血の臭いが漂っている。

思わず吐き気がこみ上げそうになる、夥しいその臭いの中で、鉄三郎はふと足を止めた。

破られた表の戸口から、先へ進むほどに死屍累々と列なっている。店先から奥へと進み、主人の住まいと思われる部屋まで来たとき、ほんの三つ四つの幼児の死骸があるのを見出すと、無意識に足を止めずにはいられなかったのだ。

おそらく、主人夫婦の子供だろう。

上質な白木綿の寝間着の胸元が、血に染まっていた。そして、我が子を抱き寄せようと両腕を伸ばしたまま息絶えている母親——。

（こんな小さな子まで……）

刃物で貫いて命を奪ったかと思うと、鉄三郎はそれだけで身のうちが震えた。

もとより、激しい怒りで、だ。

（何故、子供まで殺さねばならぬ）

一家皆殺しの現場へ来れば、幼児の死骸を目にしなければならないことは、承知している。承知しているし、幼児が無惨に殺された様を目の当たりにするのはなによりつらい筈なのに、鉄三郎は必ず足を運んだ。

まるで苦行のように辛いときを味わうことが、下手人捕縛に繋がるかと思い込んでいるようかのようだった。

「お頭」

既に到着していた寺島が、鉄三郎に、一枚の紙片を手渡してくる。

「また、入口のあたりに落ちてました」

およそ四、五寸大の、小さな紙片だ。鉄三郎は一瞥した。既に何度も確認した。そこにあるのは、お馴染みの絵柄である。

即ち、墨一色で描かれた鬼の面。

「《黒夜叉》か」

「はい」

寺島は気まずげに肯いた。

「この絵に用いられている墨がどこで作られ、どこで売られているものかを調べることは不可能であろうな」

「さすがに、それは難しいかと……」

「だろうな」

「それにこの絵、おそらく一つの版木から何枚も刷られた版画です。紙も、長屋の子供たちが手習いに使うような粗末なものです。何処の紙屋で扱ってるものかを特定するのも難しいでしょう」

「ああ、わかっている」

鉄三郎はあっさり断じた。

「せめて、一人でも生きて一部始終を見ていた者がいてくれたら……」

「無理だな。皆、ほぼ一太刀にて絶命させられている。下手人は、余程の腕だ」

「侍の仕業だと？」

「ああ、侍も侍、俺たちのよく知ってる奴だ」

「まさか……」

「とは思えぬな。残念ながら、これほどの腕を持つ男を、俺は一人しか知らぬ」

「お頭の知らない者かもしれぬではありませんか」

「本気で言ってるのか、《姫》?」

「いえ…しかし、それは……」

「謙士郎は、己の口から、己が、《黒夜叉》の隆蔵であると言ったのであろう」

「それはそうですが……」

寺島は容易く言葉に詰まる。

「隆蔵と通じているどころか、奴が隆蔵本人であった。お前の想像をはるかに超えていたようだが、それが真実だ」

「………」

「善さんは優しいことを言ってくれたが、どうやら我らのよく知る樫山謙士郎は、我らの知る者とは全くの別人になってしまったようだ」

「………」

「それ故、《姫》、最早これ以上の忖度はならぬぞ」

「お頭……」

「お前が、千住で謙士郎と遭うたとき、どのように感じたか、そんなことはもうどうでもよい。……謙士郎が、仮にそうできたにせよ、千住でお前の命を奪わなかったのは、お前に、俺への伝言を届けさせるため、ただそれだけのことだ。それ以外の意味はない」

「………」

「そう心得よ」

「は、はい」

激しい飛瀑（ひばく）に打たれたかのような衝撃とともに、寺島は思わず返答した。

「それでよい。…謙士郎に対する無用の感傷は、今後一切捨てよ。よいな？」

「はいッ」

更に強い語調で寺島は答え、鉄三郎としっかり目を合わせる。

「我らの知人が賊になったわけではなく、賊の中に、たまたま我らの知る者がいた。それだけのことだ」

「はい」

鉄三郎の言葉に合わせた短い答えは、最早ただの符号にすぎず、そこにはなんの感情もこめられてはいなかった。

寺島は寺島なりに、謙士郎に対する感情を、断ち切ったのだろう。

「お頭……」

そこへ、己の職務を果たしたらしい寛が、報告にやってくる。

「主人の福太郎と女房お久、その一子・万太郎も含めて、殺されたお店者の数は、全部で十七人ですね」

「別家を許されていた番頭と手代は？」

「はい。番頭の徳治郎と筆頭手代の猪之吉は、さっきから、外で待たせております」

「確か、お店の異変を番屋に報せてきたのが、番頭の徳治郎だと言ったな？」

「ええ、いつもどおりの時刻にお店に来てみたら、とんでもねえことになってた、って……」

「だが、徳治郎は番頭であろう？」

「ええ」

「何故、番頭が、手代よりも先に店に来るのだ？　手代の猪之吉は何故番頭よりもあとに店に来た？」

「ああ、そういやあ、どうしてでしょうねぇ？　普通は、番頭よりも、手代のほうが先に来るべきですよねぇ」

「そのあたりのことを、厳しく追及しろ、篤」

「あ、なるほど！」

　覚は即座に合点した。

「番頭か手代か、二人のうち、どっちがあやしいってことですね。どっちかが、賊を手引きしたんじゃねえかってことですよね？」

「そうだ。その方向で、追及せよ」

「ははーッ、承りましてございますッ」

　鉄三郎に向かって立ったまま最敬礼すると、覚は直ちに踵を返して行った。

「お頭」

　黙って聞いていた寺島が、心配そうな顔で鉄三郎を見つめる。

「あんな言い方をされては、番頭と手代が、殺されてしまいます」

「まさか、いくら篤でも、そこまではするまい」

「いいえ、やりかねませぬ。…お頭は、何故あのようなお言葉を……」

「篤が本気で詰問すれば、疚しいところのある者なら、或いはなにか漏らすかもしれぬ」

「え？」

「だが、なにか漏らしたとしても、篤にはそれを直ちに理解することはできぬ。……それ故お前が立ち合うのだ、《姫》」

「あ！」

漸く思い当たった寺島は直ちに踵を返す。

返しざまに、

「承りましてございますッ」

背中から言い捨てた。

鉄三郎の真意を漸く察したからに相違ないが、その寺島の背に向かって言いかけた言葉を、だが鉄三郎はやめた。

少々感傷的すぎる、と思い返したのだ。

「年端もゆかぬ小さな子が、度々無惨に殺されるようでは、我ら火盗改の存在する意味がない」

心の中でだけ、そっと呟いた。

「油問屋の江州屋が押し込みに遭いました」

という同心からの報告に、

（またか）

という感想しか、火盗改方の頭である森山隆盛はもてなかった。

それほどに、このところ、商家——それも軒並み大店への押し込みの件数が甚だしい。

なにしろ、十日に一度くらいの割で確実に起こる。

江戸市中に、押し込み強盗の嵐が吹き荒れている、としか思えなかった。

しかもただの押し込みではない。常に、一家皆殺し、という凄惨な手口である。

「剣崎を呼べ」

と命じて間もなく、

「お呼びでございますか」

鉄三郎が森山の居間に来た。

いつもは健康そのものの顔色が、さすがに冴えない。疲労が、苦渋をためた眉間のあたりから滲み出ているように見える。

それ故森山は、彼に対して述べる筈だった言葉を口にするのを、しばし躊躇った。

「疲れているようだな、剣崎」

「…………」

「何日も家に帰っておらぬのではないか？」

「いいえ」

剣崎は否定し、目を伏せた。

不機嫌なその全身から、

「用があるなら、はやく言え」

という言葉が迸っているように、森山には見える。

「江州屋への押し込みだが、矢張り、《黒夜叉》の隆蔵とやらの仕業なのか？」

森山の問いには答えず、鉄三郎は、己の懐から一枚の紙片を取り出し、無言で森山の前へと差し出した。

森山も無言で手に取り、一瞥する。文字は記されておらず、ただ墨一色で、恐ろしげな鬼面の絵が描かれている。

「《黒夜叉》一味の押し込みのあとに、決まってその紙片が落ちておりました。自分たちの所業を誇示するものと思われます」

「なんだと！」

「江戸の盗賊はあまりいたしませぬが、上方の者は、よくこういう派手なふるまいを好むと聞きます」

「なんということだ。一家皆殺しという残虐な所業に及びながら、それを世間に誇ろうとは……なんと、天を恐れぬおこないなのだ」

意外にも、森山は激しく憤慨した。

《雲竜党》のように、ただの盗賊ではなく、幕府の転覆さえ目論見かねない危険な集団に対しては、「早く捕らえよ」との上からの催促も厳しいが、如何に残虐な賊であっても、商家を襲って金品を奪うだけの盗賊には、老中も若年寄もさほど興味を示さない。

森山は、組頭といっても自ら捕縛の現場には出向かず、ただ与力や同心に指図のみをおこなう、謂わば事務官のような存在だ。しかも、実際同心一人一人への指図は鉄三郎ら、現場の与力がおこなう。森山が事件の全貌を知るのは、常に、鉄三郎ら与力を通してのことである。

そんな森山が、盗賊に対して感情を昂ぶらせるのはかなり珍しいことだった。

「お頭？」

「なんとしても、《黒夜叉》一味を捕らえねばならぬ」

「はい」

熱のこもった森山の言葉に促されて応えつつ、鉄三郎は意外そうに彼を見返した。

「だが、経験のない儂には、そちらになんの指図もできぬ。捕縛の場に立ち合うこともできぬ。さぞかし役立たずの頭だと思うていような」

「いえ、そのようなことは……お頭からは、充分に指図をいただいております」

「心にもないことを言うな。己のことは、誰より己が承知しておる」

「………」

困惑して、鉄三郎は言葉を失った。

全体森山は、この忙しいときに、なぜわざわざ自分を呼び出し、益体もない話をするのか。

「火盗は、そちがおらねば一日とてたちゆかぬ。だが……いや、だからこそ――」

そこで森山は一旦言葉を止め、鉄三郎を凝視する。

「一日でよいから、お前は休め、剣崎」

「え？」

「お前が、勤めに熱心なのはわかる。有り難い、とも思うておる。お前がいてくれねば、儂は火盗改の頭などという役目を、到底果たすことはできぬだろう」

真摯な顔つき口調で、森山は言う。

「もしいま、お前が倒れたら、一体誰が指揮をとるのだ？」

「…………」

「人の命を屁とも思わぬ極悪人どもを、誰がお縄にできるのだ？」

「お頭……」

「お前しか、おらぬではないか」

鉄三郎を凝視する森山の目には、ただ一途な願いしかなかった。

刀も満足に抜けぬようなボンクラ旗本の森山だが、知識だけは人一倍ある。

知識があるということは、その知識ぶんの想像力を働かせることができる、ということだ。このところ、連日家にも帰らず、ろくに睡眠もとっていないらしい鉄三郎の、なにかに取り憑かれたような働きぶりを見ていて、

（これはいかん）

と感じたのだろう。

「頼むから、休んでくれ、剣崎」

「…………」

心のこもった森山の言葉に、鉄三郎は不覚にも涙が溢れそうになった。

このところ、凄惨な殺戮の現場ばかり目の当たりにし、兎に角一刻も早く《黒夜叉》一味を捕らえねばと焦るばかりであった。焦るばかりで、何一つ成果が上げられ

ぬことに一層焦った。

そんなところへ、人間らしい言葉をかけられたりすれば、硬く強張った心も、忽ち溶け出す。

「しかし、お頭、こうしているあいだにも、《黒夜叉》一味は……」

「お前はなにか大切なものを見落としているのだ、剣崎」

「え？」

「そうとしか思えぬではないか、剣崎。鬼とも鬼神とも呼ばれるそちに、これまで捕らえられぬ賊はいなかった。だが、此度はその力が充分に発揮できているとはいえぬ。何故だかわかるか？」

「いえ……」

鉄三郎は戸惑った。

時折森山は、不可解な理論を操り、鉄三郎を混乱させることがある。このときもそうだった。

「いつものような勘働きができぬまでに、己を追い込んでいるためだ、精神的にも、肉体的にも——」

「それは……」

「それ故、せめて体は休めよ、剣崎」

きっぱりと言い放ってから、だが森山は更に厳しく口調を改め、

「いや、これは命令だ、剣崎。今宵は自宅に戻ってひと晩休み、明日から又、勤めに励んでくれ」

最後のほうは、再び懇願するように言った。

「お頭」

「お前がしっかりしてくれていなければ、火盗改は立ちゆかなくなるのだぞ」

「…………」

真心のこもった森山の言葉に、鉄三郎は最早答える言葉が見つからなかった。

もしここでなにか答えてしまえば、自分が自分でなくなってしまいそうな、そんな危惧を抱いたからだった。

二

（お寛から？）

火盗改の役宅にいる寺島靭負の許（もと）に、内藤での彼の定宿（じょうやど）である茶屋《香花楼（こうかろう）》の

やり手・お寛からの文が届いたのは、《黒夜叉》一味による、見境のない押し込みがはじまってまもなくのことだった。

(なんだろう?)

同心部屋でそれを受け取った寺島は、大方、鈴音が寂しがっているから、たまには顔を出してやって欲しい、というようなことを言ってきたのだろうと思ったが、一読するなり、思考が停止した。

(鈴音が足抜けしただと?……それも、客の男に唆(そそのか)されて……)

その、客の男こそは、上方から来た江戸の武士だということが、お寛の文に記されていた。

(私の勘に間違いがなければ、その江戸の武士というのは……)

思った途端、寺島は正直ゾッとした。

(あれほど気高く、猛々(たけだけ)しかったお方が、一体なにをなさっているのだ?)

鉄三郎に一喝(いっかつ)されたことで、既に謙士郎に対する感傷は捨て去った寺島ではあったが、それでもやはり、戦慄せずにはいられなかった。

江戸市中で凶悪な押し込み強盗を繰り返し、その片手間に、内藤の遊女を足抜けさせる。全体、何処まで腐りきれば気が済むというのか。

しかも、よりによって鈴音を足抜けさせたのは、寺島に対する牽制にほかなるまい。千住宿で邂逅（かいこう）した際、最後に謙士郎は、

「相変わらず、馬鹿なやつだ」

と寺島に言った。

憐憫とも冷笑ともとれる謙士郎の表情は、その言葉とともに、いまも寺島の脳裡にありありと甦（よみがえ）る。

（あのときから、鈴音の足抜けを目論んでいたということか……）

そう思えば、謙士郎の表情の意味も理解できる。

「おい、ゆきの字、てめ、こんなときに、なにを熱心に読んでやがんだよ？」

「え……」

不意に背後からお馴染みの声で呼びかけられ、寺島は即ち凍りついた。いまは誰よりも呼びかけられたくない相手であった。

「な、なんでもありませんよ」

狼狽（ろうばい）のあまり、つい不器用な言い返し方をしたが、幸い相手は寺島が慌てていると いうことにも気づいていない。

「いいよなぁ、もてる男は。……どうせ女からの恋文なんだろう？」

「そんなんじゃありませんよッ」

寺島はつい、語気を荒げて言い返した。

「な、なんだよ、おい……」

その語気に、さしもの筧もしばし戸惑う。

「これは、何を隠そう、《黒夜叉》一味についての、重要な報せです」

「そ、そうなのか？」

「それ故、直ちに、お頭に報告せねばなりませぬ」

「あ…ああ、そうだな」

戸惑い、呆気にとられた筧をその場に残して、寺島は同心部屋を出た。

実際、いまのところ八方塞がりなこの状況にあって、存外これが突破口になるのではないか、と寺島は思った。


「内藤の遊女だと？」

鉄三郎はさすがに眉を顰(ひそ)めて険しい顔をした。

「はい。その遊女を唆(そそのか)して足抜けさせたのが《黒夜叉》一味の者であるとするなら……」

「謙士郎であろう」

厳しい口調で鉄三郎は断言した。

「何度、同じことを言えば理解できるのだ、お前は。……《黒夜叉》一味の者ではなく、その者は、間違いなく、樫山謙士郎であると、言え」

「はい、樫山様でございます」

「謙士郎が、お前の馴染みの妓を足抜けさせて連れ去った、というのだな」

「それを確かめるため、内藤へ行くことをお許しいただけますでしょうか」

「…………」

鉄三郎はしばし考え込んだ。

幸い、森山に乞われて丸一日の休みをとったおかげで、鉄三郎の肉体は見事に回復し、その思考も冴え渡っている。

「内藤に行って、どうするつもりだ？」

「やり手のお寛から、詳しく話を聞きます。お寛は、なかなかに目敏い女でありますゆえ、なにか重要なことを見聞きしているかもしれませぬ」

「なるほど」

と肯いて、一旦は納得した様子を見せながら、

「だが、そのお寛というやり手、本当に信じられるのか？」

鉄三郎は問い返した。

「え？」

「俺は、別に自慢にもならぬが、遊廓の妓と馴染みになったことがない故わからぬ。それ故訊くのだが、通常、馴染みの遊女が他の客と足抜けしたら、やり手は、そのことを、その妓の馴染みの客に知らせるものなのか？」

「…………」

鉄三郎に指摘され、寺島は容易く言葉を失った。

寺島とて、そこら中の遊廓に馴染みの妓がいるわけではない。

少しでも勤めのためになればと思い、江戸四宿に隈無く足を伸ばしているだけのことだ。

馴染みといえるほど通ったのは、内藤の鈴音くらいだし、他の宿場で何度か泊まったことのある女郎屋のやり手は、もとより文など寄越さない。女郎の殆どは、ろくに読み書きなどできないからだ。

それ故寺島は、お寛以外のやり手から文などもらったことは一度もなかった。

「いえ、しかし……お寛は、私が火盗改の同心であることを知っております」

「だから？」

「だから、鈴音を連れ戻すのに、なにか格別の思案でもないかと思い、知らせてきたのではないかと……」

「なるほど、そういうこともあるだろう。否定はせぬ。だが、お前の鬼足なら、内藤など楽に日帰りできる距離だ。それでもお前は、内藤へ行くたび、妓の許で一夜を過ごした。それは何故だ？」

「な、何故と言われましても……」

「その鈴音という妓に、惚れているからではないのか？」

「違いますッ」

寺島は迷わず、即答した。

それだけは自信がある。

「鈴音は、内藤に出入りする者の情報を得るためだけに馴染みになった女でございます」

「だが、何度も情を交わせば、男と女だ」

「確かに、可愛く思わぬことはありませぬが、決して惚れているわけではありませぬ。そうでなければ、すべてお役目のため、と割り切ることはできませぬ。……実際に、有益な情報をもたらしてくれたのは、やり手のお寛のほうですが」

「本当に、そうなのか？」

「………」

声には出さず、寺島は目顔で鉄三郎に問い返す。

「そのお寛という女、お前がそこまで評するからは、余程聡明な生まれつきなのであろう」

「はい。おそろしく目端(めはし)が利きます」

「だとすれば、お寛をこそ、疑うべきではないのか？」

「え？」

「お寛は、文字に明るく、和歌の素養もある。それ故、或いは武家の出かもしれぬと、お前は睨んでいる」

「はい」

「だが、そういう女の多くは、己の不遇を呪い、怨み、己よりも恵まれた者を憎むものとは思わぬか？」

「………」

「謙士郎が仲間に引き込むとすれば、若い遊女の鈴音ではなく、多少は知恵のあるお寛のほうではないのか？」

「まさか……」

茫然と口走りつつ、だが寺島は、鉄三郎の炯眼に内心舌を巻いていた。

（お頭は、私のことを知恵者だと言ってくださるが、なんの、まだまだ。私など、お頭には遠く及ばぬ）

「で、では、もしお寛が樫山様に通じているとして、私に文を寄越した本意は？」

「罠だな」

たった一言で、鉄三郎は断じた。

「私を、嵌めるための罠ですか？」

「ああ、それしかあるまい」

と身も蓋もない言葉を返してから、鉄三郎はしばし首を傾げ、傾げつつ、

「もし、お寛の文の内容につられたお前が、のこのこ内藤を訪れれば、虜になるか、或いは今度こそ、命を奪われていたろうな」

もっと情け容赦のないことを言った。

「…………」

寺島は即ち、沈黙するしかない。

意気消沈して項垂(うなだ)れた寺島をしばし無言で見据えてから、

「だが、だとすればいい機会だ。逆にこっちが奴を嵌(は)めてやろうではないか」

鉄三郎は嬉しげに言う。

「それでは、私は──」

「ああ、内藤へ行け、《姫》。但し、一人ではないぞ」

鉄三郎の口許に、やがてほんのりと冷たい微笑が滲むのを、内心息を呑む思いで寺島は盗み見た。いままで見た鉄三郎の中で最も怖い顔だと、密かに震えながら。

三

「お前、女の着物を着てたら、よかったのになぁ」

役宅を出るときから寛に言われ続けて、寺島はさすがに閉口した。

「女の着物じゃ、内藤まで歩けませんよ」

「駕籠(かご)使えばいいじゃねえか。……女に変装してるわけでもないてめえを、なんで俺様がわざわざついてって護らなくちゃならないんだよ」

「相手は《黒夜叉》の隆蔵ですよ」

「ああ？」

「捕らえたら、お手柄ですよ」

「お前はそう言うけどよう」

お手柄という言葉に、即座に飛び付くと思われた筧が、意外にも複雑な表情をする。

「お頭は、本当に《黒夜叉》の隆蔵…ってか、その樫山って人を、捕らえる気があるのかよ？」

「え？　どういう意味です、篤兄？」

「そんなの、決まってるだろうがよう。俺は、お頭が望んでねえことはハナからしたくねえのよ」

「…………」

筧が何気なく口走った衝撃的な言葉に、寺島は容易く打ちのめされた。

知恵が多少勝っているからといって、その知恵で以て、人の心の奥底までを見透せるわけではない。頭ではわかっていたが、実際にその事実を突き付けられてしまうと、寺島には為す術がなかった。

筧は、ただ純粋に鉄三郎の人柄を慕い、彼のためにと思って日々行動している。ときには的外れな言動も少なくないが、その天性ともいえる野性の勘で、鉄三郎の真意を理解していたのだろう。

即ち、口ではなんと言おうと、その本心では、実は謙士郎を追い詰めたくはない、という鉄三郎の本心を。

「お頭は、本当に樫山様の捕縛を望んでいないのでしょうか？」

恐る恐る、寺島は問うた。

「そりゃお前、本気で望んでるなら、もうとっくに、捕まえられてるんじゃねえの？あの、お頭だぜ」

「…………」

寺島は益々混乱した。

確かに、筧の言うとおりだった。

いつもの鉄三郎とは明らかに違っている。どこがどう、とまでは言えないが。

(しかしまあ、この人の勘は本当に馬鹿にならないな)

迷い、逡巡しながらも、ほどなく四ッ谷大木戸が視界の果てに見えてくるあたりにさしかかったとき、不意に、すぐ傍らで凄まじい爆音が鳴った。

どがん、
と大きく火を噴いて、疎らに建ち並んでいた家の一つが爆発したのだ。

勿論寺島は火薬の匂いにいち早く気づいて身を翻し、

「篤兄、危ないッ」

筧の背を強く押していたが、それでも二人はともに、

「うわッ」

その激しい爆風に煽られ、体を、道端の叢へと舞わせた。

「な、なんだ?」

地面に伏した顔をあげ、筧は戸惑う。

「…………」

寺島は反射的に爆発した家のほうを見た。

すると、爆発した家の数軒先から、短刀だの道中差しの如き得物を手にした男たちが、勢いよく飛び出してくるところである。

ざっくり数えただけでも、十人以上。当然武士ではなく、薄汚れた着物の裾を尻っぱしょりしたような連中だ。大方、土地の破落戸といったところだろう。

「来たよ、篤兄」

「なんだ、ありゃあ?」

「刺客ですよ」

「随分と汚ったねえ奴らじゃねえか。…どう見ても、食い詰めた破落戸だぞ」

「そのようですね」

「得物だって、ろくなもんじゃねえ。…出刃包丁持ってる奴もいるぞ」

「私たちが爆発にやられてるものと思って、甘く見てるのでしょう」

「ナメやがって！」

男たちが倒れた二人のすぐそばまで駆け寄るのを待ってから、

「全員、なます斬りにしてやるぞ、うらぁッ」

覚はやおら起きあがり、起きるなり抜刀した。

ぶんッ、
と低い唸りをあげながら、その切っ尖は、最も彼の近くにいた男の胴から肩にかけ、逆袈裟に両断した。瞬間、
しゃわッ、
と夥しく飛沫いた返り血が、斬られた男の近くにいた二、三人の半身をも朱に染める。

覚の差料は、無銘ながらも、同田貫と呼ばれる刀工群の手によるもので、甲冑の上からでも敵の体を両断できるとされる剛刀だ。防具をつけていない人間の体なら、

容易く骨まで断ち斬ることができる。

　瞬殺された男の返り血を浴びた者たちが怯えて後退るところへ、

「駄目ですよ、篤兄」

　同じくやおら身を起こし、起こしざま抜刀した寺島は、抜くと同時に地を蹴って高く跳び、最も遠いところにいた男の胴を華麗に払った。

「ぐぅッ」

　短い断末魔の悲鳴とともに、そいつも即座に絶命し、力なく道端に頽れる。

「全員膾斬りにしちゃったら、話を聞けなくなっちゃうでしょ」

「そんなこたあ、わかってらあ」

　寛を恐れて後退る者たちを追って大きく踏み出し、

「おらぁーッ」

　怒声とともに、更にもう一太刀――。

　ざぎゃッ、
　斬音か悲鳴かの区別すらつかぬ音声とともに、次の男もあっさり絶命する。

「一人は生かしとけばいいんだろ」

「わかってるって言いながら、篤兄、気がつくと、いつも全員殺しちゃってるから」

大きく身を躍らせて敵の最後尾へとまわり込んだ寺島は、素早い動きで、二〜三人を同時に斃した。箟に怯えてどんどん後退ろうとする男たちの退路を塞いだのだ。

十数人いた筈の敵が、忽ち半数近くに減っている。

時刻は申の刻過ぎ。

日没はまだ先だが、晴れ渡った西の空が、そろそろ、鮮やかな返り血の如き色に染まりはじめている。

そんな景色の中で、夥しく本物の血煙があがるさまを、もし近くで傍観している者があれば、或いは、怖ろしい殺戮の光景とは思わず、美しい幻想的な場面と思ったかもしれない。

それほどに、鮮やかな血飛沫が朱色の空に映えるさまは、信じがたいほど美しいものだった。

(古、大量殺戮をおこなった者たちは、或いはこの景色が見たかったからではないのだろうか?)

殺戮の最中、寺島は無意識にそんなことすら思ってしまった。

刺客の掃討は、それくらい容易く済んだのだ。

それもその筈、彼らは全くなんの武芸も身につけてはおらず、ただ刃物を手にしただけの素人であった。

やがて、辛うじて一人だけ生かした男から事情を聞いたところ——たいして責めもしないうちから、易々と吐いたのだが、彼らはその殆どが、内藤近隣の村々で厄介がられている農家のどら息子だということだった。

近隣の者たちなので、ほぼ顔見知りである。彼らは、四人五人と連んでは、金を持っていそうな旅人をつかまえては強請りを働いたり、盛り場で因縁をつけた相手に暴行を加えたりというケチな悪事を重ねていた。

そんなある日、身なりも外貌も立派で、どこから見てもひとかどの親分と思われる男が現れ、全員を雇ってくれた、という。

しかも、これより後、自分の命じることに無条件で従えば、全員に一定の報酬を与える、という破格の条件で。村では爪弾きされ、親兄弟からも厄介者扱いされるろくでなしの望みなど、たかが知れている。

せいぜい、飲みたいときに酒を飲み、やりたいときに女を買いたい、という程度のことだ。その程度の望みであれば、たいした金子は必要としない。

「いくら貰ってたんだ？」

という寛の問いに、

「十日で二朱いただきました」

震えながら、そいつは答えた。

十日で二朱であれば、大工や左官などの職人が本気で働いて稼ぎ出す金額とさほど変わらない。得体の知れない雇い主も、彼らを優遇する気は全くなかったのだろう。無条件で飲み代をくれてやる代わりに、その命を、二束三文で買い取ったのだ。

（ひどいことをなさる）

氷のように冷めた気持ちで、寺島は思った。

謙士郎は、はじめから彼らの命など使い捨てるつもりで雇い入れた。そもそも、鉄砲組出身の寺島を、爆薬で葬り去ろうなど、土台無理な相談である。寺島が、火薬の匂いに人一倍敏感であることを、謙士郎とて充分承知している筈だ。

で、ありながら、罠というにはあまりにお粗末な罠を、謙士郎は仕掛けた。

（何故？）

寺島には到底理解しかねた。

鉄三郎が、その本心では旧友を追い詰めたくないと思っているとしたら、謙士郎もまた、鉄三郎を困らせたくはないと思っているのではあるまいか。

そんなことを考えて、ついぼんやりしているところへ、

「おい、ゆきの字」

　つと呼びかけられ、寺島は我に返る。

「え？」

「どうするよ、こいつ？」

「あ、そうですね」

「わざわざ、役宅まで連れてくのか？」

「連れて行くしかないでしょう」

　暗い表情で寺島は応じる。

「けど、こいつを連れてるだけで、俺たちの帰りが遅くなるんだぞ。それでもいいのか？」

「でも、一応お頭にもお見せしないと……」

「なんのために？」

「我らがこやつから引き出せなかったなにかを、或いはお頭ならば、引き出せるかもしれませぬ」

「…………」

　もっともらしい寺島の言葉に一瞬間絶句したものの、

「けどよう、もし仮になにか引き出せたとしても、そんなの、どうせたいしたことじゃねえぜ。こいつらまるで素人で、こいつらを雇った奴だって、はじめから、なんの期待もしちゃいねえ」

「そうかもしれませんが……」

「だったら、ここで息の根止めて行こうぜ。そのほうが、面倒がねえ」

筧のほうが先に、寺島の望む言葉を吐いてくれた。

「しかし、篤兄」

「まさか、このまま、お咎めなしで解き放つわけにはいかねえだろうが」

「………」

そいつは当然真っ青になり、ぶるぶると体を震わせはじめる。

「まあ、そうですよね」

そいつの怯えるさまを冷ややかに見据えながら、寺島も筧の言葉に同意した。

「こいつを連れてると、戻りは確実に明日になりますからね。…訊くべきことは全部訊いたし、ここで始末して行きますか」

「そうだろう？　こんな足手まとい連れて、帰れっかよ」

「じゃあ、篤兄がやっちゃってください」

「おう、やっちまうわ」

言うなり自慢の剛刀・同田貫を大上段に振り上げた筧に、

「ど、どうかお助けを……」

か細い声音で、そいつは請うた。

「それに、ま、まだ、お話ししてないことがありました」

「なんだと、貴様ッ！」

「だ、旦那たちをここで…こ、殺すことができたら……」

「できたら？」

「更に、金をやるからって……だから、あっしらを雇った男は、もう一度ここに来ます」

「金を、幾らやると言われたのだ？」

「い、一両…です」

「一両か、それはまた豪勢だなぁ。少なくとも、丸一年は遊んで暮らせる」

「そ、それで…つい、目が眩(くら)んで……許してください。悪気はなかったんです」

「なるほど、悪気はなかったのだな」

「は、はいッ」

寺島の問いかけに愁眉(しゅうび)を開いて答えた男を、

「それで、本当に、雇い主がもう一度ここへ来ると？」

しみじみと見つめ返しながら、問い返す。

「は、はいッ、そういう約束ですから」

火盗改一の鬼与力をしてすら、「艶(つや)っぽい」と思わせるに充分な寺島の瞳にじっと見つめられ、男は少しくうわずっていた。

「馬鹿だな。来るわけないだろ」

「え？」

「それと、悪気もないのに、人を殺そうとするような奴は、最早人ではないな。死ね」

寺島は自らの刀で、そいつを一刀に斬り捨てた。

「おい、ゆきの字……」

「…………」

「ったく、なんだよ、俺にやれって言ったくせに」

「すみません、つい。…でも、これで、いいんですよね？」

斬り捨てたあと、さすがに驚いた様子の篦に向かって、背中から寺島は問うた。その背が微かに震えている。無抵抗な者を手にかけるのは、さすがに躊躇われたが、寛にばかり頼ってはいられない。

「間違いましたか、私？」

「間違ってねえよ、ばぁーか」

少しく震える寺島の肩を無遠慮に摑んで力をこめながら寛は言い、

「いちいち考えすぎなんだよ、お前は」

更に力をこめて、寺島の肩をぐっと強く抱いたのだった。

四

それから、寛と寺島の二人は内藤の《香花楼》を訪れたが、お寛が知らせてきたとおり、鈴音の足抜けは事実であった。

但し、そのお寛も、鈴音の足抜けのあと、茶屋から姿を消した、という。

「さあ、何も言わず、突然消えてしまいましたので……」

香花楼の主人は、困惑顔で首を振るばかりだった。五十がらみの太り肉の男だ。眉も目も細く、如何にも欲深そうな顔だちではあるが、それほどの悪人という顔つきでもない。

「何処へ行きましたやら、さっぱり……身寄りも帰るところもないというので、年季が明けても置いてやっていたというのに、まったく恩知らずな女です」

「鈴音を足抜けさせた客というのは？」

「このところ鈴音を贔屓（ひいき）にしていたお武家のようですが、何処の誰かまではわかりません。なにしろ内藤（ここ）は、ご存じのように、人の出入りが多いものですから」

「追っ手は？」

「勿論出しましたよ。鈴音は必ず連れ戻します。お寛と違って、まだたっぷり年季が残ってるんですからね」

そのことだけは、何故か自信ありげに力強く断言する主人の顔を内心冷ややかに見据えながら、

（無理だろう）

と寺島は思った。

鈴音を連れ出したのが樫山謙士郎であるならば、もとより抜かりのあろう筈がないからだ。そこに、お寛という、廓（くるわ）を知り尽くした狡猾（こうかつ）な女狐（めぎつね）までついているとしたら、鈴音を連れ戻せる可能性は限りなく低い。

そして、鈴音の足抜けに手を貸したと思われるお寛の胸中にあるのが、鉄三郎の言うとおり、嫉妬や怨みだとすれば、鈴音はおそらく、もっと酷い、劣悪な環境の遊女宿へでも売られてしまうことだろう。

寺島に罠を仕掛けるためだけに連れ出されたのだとすれば、当然そうなる。

いや、最悪の場合、鈴音もお寛も、既に殺されているかもしれなかった。このところの謙士郎の、人とも思えぬ所業を鑑(かんが)みれば、そう考えるほうが自然であろう。

(憐れだな)

何度か情を通じた女である。

寺島は暗澹(あんたん)たる思いに陥(おちい)った。

それ故、寺島は、

「鈴音は、自ら望んで足抜けしたわけではなく、一方的に連れ去られただけなのかもしれぬ」

さも深刻そうに眉を顰めながら、主人に告げた。

「鈴音を連れ去ったのは、おそらく、《黒夜叉》の隆蔵という上方の盗賊だ。武家を装って江戸に入った」

「え？」

当然主人は驚き、困惑する。

「それ故、我ら火盗改は、いま必死に、隆蔵の行方を追っておる」

「そ…そうでございましたか」

「もし我らが首尾よく隆蔵とその一味を捕らえ、鈴音が無事に戻った際には、ひどい拷問などせず、できれば許してやってくれぬか？」

「それはもう……足抜けではなく、盗賊に連れ去られたのだとすれば、鈴音は拐かしの被害者ですから……」

主人の語調が次第に弱々しく曖昧になったのは、寺島が火盗改の同心であると、改めて思い知らされたからに相違ない。火盗改の同心が数年来敵娼にしている妓を拷問したりすれば、後々どんな災いに見舞われるか、わかったものではなかった。

「鈴音が戻れば、また贔屓にしよう」

それ故寺島は、口辺に淡く笑みを浮かべながら告げた。

立ち去る寺島の背に向かって、主人は深々と頭を下げ続けた。

「また、なんか小賢しい策を弄したんだろ、お前？」

内藤宿の目抜き通りを、大木戸に向かって歩きはじめたとき、筧が寺島の耳許に問う。

「何故、そう思います？」

「だってあの亭主、お前に向かって、ずぅーッと頭下げてたぜ。ただの客に対して、あんなに最敬礼するか、普通？」

「普通の客じゃないんですよ」

事も無げに言い返すなり、寺島はどんどん足を速めた。

「おい、そんなに急ぐなよ」

「だって、無駄足だったんだから、急いで江戸に帰らなきゃ。……ついて来られないなら、置いていきますよ、篤兄」

「てめえ、ふざけんなよ。誰のために、内藤くんだりまでついてきてやったと思ってんだよ」

「…………」

「おい、ゆきの字ッ」

「手ぶらで帰らなきゃならないってのに、のろのろしてたら、お頭に叱られますよ」

「ちぇッ」

篤は激しく舌打ちをして、

「だからぁ、それもこれも、誰のせいだと思ってやがんだよ」

ひとくさり文句を言ったが、仕方なく足を速めて懸命に寺島を追った。

一刻も早く戻らないと、鉄三郎から大目玉を食らうかもしれないということは、寺島に指摘されずとも、充分予想できたのだ。

五

この世のすべてに、濃く墨を流したかのような、お誂え向きの闇夜であった。

ときは丑の刻過ぎ。

勿論、街路上には人影一つない。

草木すらも眠るといわれる時刻である。

もとより、店の者たちも皆、寝静まっていよう。

黒装束の盗賊たちは一旦息をひそめて中を窺った。

一人が、閉ざされた戸板にスッと手をかける。すると、その戸は、まるでなんの戸締まりも為されていなかったが如く、簡単に引き開けられた。

「不用心だな」

覆面の中で、その者は低く含み笑う。

他の賊たちも同様に含み笑い、一瞬間盗賊たちのあいだに低い笑いの渦が起こる。世にも禍々しい、悪党どもの笑いの渦だった。

「お前たちはしばしここで待て」

店の中へ一歩足を踏み入れたところで、その男は他の者たちに向かって言った。

「いつものように、片付けてくる」

男が言い残して一人店の奥へと入って行くのを、他の者たちは心得ていて、その場に立って見送った。

男は一人、店の奥へと進む。

なにより真っ先に片付けておくべきは、店の主人夫婦である。

住み込みのお店者たちは一日じゅうこき使われ、疲れきっているため、多少の物音くらいでは滅多に目を覚まさない。だが、お店者たちを片付けているあいだに万一物音や人声がして、主人やその家族が目を覚ませば、厄介なことになる。

騒がれたり、下手をすると逃げられる虞もあった。用心深い主人の中には、押し込みに入られたときの用心に、己の寝室に、火急の際の脱出口を設けている者もいる。目を覚まして盗賊が押し入ったと察したときは、緊急の脱出口から逃れ、一目散に番屋へ駆け込むことだろう。

それだけは、避けねばならない。

それ故彼は、奥へ奥へと、まるで勝手知ったる我が家のように足早に進んだ。

実際、一度は来たことがあるので、勝手はそこそこわかっている。

さほど足音に気を配るでもなく大股でどんどん進み、やがて彼は、目指す部屋の前に立った。

立ったその瞬間、覆面から覗く眉間のあたりが、僅かに曇る。

（…………）

逡巡であった。逡巡の理由は、実は二つあったのだが、彼は瞬時に迷いを捨てて先へ進んだ。

即ち、部屋の障子を開け、中へ踏み入ったのだ。

「…………」

踏み入るなり、その場に立ち尽くした。

中には、既に一人の人物が、まるでこの店の主人然と、鎮座している。

「…………」

墨を流したが如き暗闇であったが、彼には、部屋の中で鎮座しているのが誰であるか、その影を窺っただけで容易に知れた。

「遅かったな、謙士郎」

名を呼ばれて、少しく彼は狼狽（うろた）えた。が、すぐに己を立て直すと、

「よくここがわかったな、鉄」

言い返しざま、暗闇の中で鎮座する友の正面に立った。

「わかるさ、お前の考えることくらい」

闇の中で、鉄三郎は朗らかに笑う。

「だが、何故今夜だとわかった？」

「闇夜だからよ。賊が押し入るのは闇夜の晩と、古来より決まっている」

「…………」

「これまで、お前が襲ったと思われる江戸のお店は、全部で五軒。……なにか共通するところはないかと調べたところ、どのお店も、娘に婿をとり、その入り婿の代になってから大いに身代を増やし、先代の頃より更なる財を為したる家ばかりであった。

……ここ、加賀屋と同じくな」

「この短期間に、そこまで調べあげたとは、さすがだな」

嘆息一つ漏らしつつ、観念したように謙士郎は言い、鉄三郎の前に腰を下ろす。

まさしく寸毫（すんごう）――。間合いギリギリのところに、だ。

「どおりで、人の気配が全くせぬわけだ。新次郎の家族だけでなく、よくもまあ、加賀屋の使用人まですべて退去させられたものよのう」

「凶悪な押し込みから、皆の命を守るためだ。新次郎も承知してくれた」

「どうせお前が、上手いこと、威しすかしたのだろうよ」

言い返す謙士郎の声音は、どこまでも冷たい。

「お前は、新次郎が――己の弟が武士を捨てて町人になったときから、それを許せないと思うていたのだろう。それ故、自ら願い出て京都町奉行所の与力となり、江戸を去った」

「…………」

「士分を捨てて商家の入り婿となった新次郎が、それほど憎いか?」

「ああ、憎いとも!」

間合いギリギリのところで鉄三郎と向かい合いつつ、謙士郎ははじめて感情を昂ぶらせる。

「何故、よりによって、俺の弟が、商家の入り婿になどならねばならぬ。これほどの恥辱があろうか?」

「そう思うなら、何故そうなる前に止めなかったのだ」

「止められるわけがないだろう」

　ふりしぼるような声音で、謙士郎は言う。

「あやつとは、長らく不仲であった。あやつは、俺を嫌い、俺を嫌うのと同じくらいに、武士そのものを嫌った。それ故、あろうことか、武士の身分を捨てて、商人などに……」

「それは違うぞ、謙士郎ッ」

　鉄三郎は、思わず謙士郎の言葉を遮る。

「新次郎は、お前を慕うが故にこそ……」

　だが、言いかけた言葉を、鉄三郎は途中で言い淀んだ。

　かつては仲の良かったこともある兄弟が、あるときから急に仲違いし、疎遠になってしまったその理由。それが、実は自分にこそあったのだと、口にするのが、さすがに躊躇(ためら)われた。

「とにかく、違うのだ、謙士郎……」

「なにがだ？　一体なにが違うというのだ？」

　口ごもり、思うように言葉を発することのできない鉄三郎に向かって、謙士郎は再び冷ややかに問い返した。

「新次郎の奴がなにを考えて士分を捨て、商人になどなりくさったか、そんなことは、もうどうでもよい」

強い口調で言い、

「どうでも、よいのだ」

もう一度、強く言い切った。が、

「よくはないぞ、謙士郎ッ」

鉄三郎は必死で言い返す。

最早己の都合で躊躇っている場合ではないと、強く己を奮い立たせた。

「新次郎は、淋しかったのだ。……道場に通うようになってから、兄は変わってしまった、と、言っていた。剣の道にのめり込むあまり、全く自分を省みてくれなくなった、とも。……俺は兄弟がおらぬ故わからぬが、新次郎は、大好きな兄を、友という他人に奪われたようで淋しかったのであろう」

「そんなことは、知ってたさ」

だが、鉄三郎の必死の言葉に、事も無げに謙士郎は応じた。

「あいつがお前に嫉妬していることくらい、俺はガキの頃から知っていた」

「ならば、何故……」

鉄三郎は茫然と謙士郎を見返した。

もとより、漆黒の暗闇の中では、その顔も表情も殆ど読み取れぬが。

「なんとも、いじましい野郎じゃないか。兄貴をとられた、だと？　それこそ、お門違いというものだ。兄が、武術を競い合う場で無二の親友を得たのだぞ。武士として、これほどの歓びがあろうか。弟ならばそれをともに歓び、己も無二の友を得ればよいだけの話ではないか」

一旦言葉を止め、少しく首を傾げてから、

「そもそも、兄弟と友は違うのだ。そんなこともわからず、闇雲に、兄の友に嫉妬するような野郎は、弟とは思えない。いや、思いたくもなかったね」

どこまでも冷たく、吐き捨てる口調で謙士郎は言った。

「新次郎はクズだ。あんなクズが我が弟とは、悪夢でしかない」

「だが、それもすべてはお前を…兄のお前を慕うが故だということも、お前はわかっていたのだろう？」

「………」

「新次郎の気持ちをそこまで理解していながら、何故己の思いを、新次郎に話してやらなかったのだ、謙士郎。話しさえしていれば、或はわかり合えたかもしれぬものをのだ」

「武士がいやだからといって、あっさり商人になるような奴に、なにがわかるという

「何故だ！」

「わかり合えるわけがない」

「……」

「…………」

謙士郎の語気の激しさに、鉄三郎はあっさり口を噤むしかない。

「商人というのが、どういう輩か、お前は知っているのか、鉄？　俺はよく知っているぞ。……大火事が起こる。大勢の人が焼け出されて家も財も失う。それどころか、大切な家族さえ喪う者もいる。そんなとき、己は豊かに財を貯えていながら、なお更なる富を貪らんとし、材木の値をつり上げる。困窮した者の足下を見て、物品を売り惜しむ……それが、商人という輩だ」

そのとき、真闇の中であっても、絶望に拉がれる謙士郎の貌が、鉄三郎には見えた。いや、見えた気がした。

「そんな人の心を持たぬ輩を、この世に蔓延らせるわけにはゆかぬ」

「それで、お前自身が、《黒夜叉》の隆蔵に……自ら、盗賊となったのか？」

「《黒夜叉》の隆蔵は、本当に非道い野郎だった。俺は奴を追っていた。そしてあるとき、とうとう、追い詰めたんだ」

謙士郎の言葉つきはどこか楽しげだ。

「ふふ…瓜二つだったんだよ」

「瓜二つ？」

「俺と奴は、瓜二つ。まるで双子みたいにそっくりだったんだ。人の命を屁とも思わぬような極悪人と、俺は、全く同じ顔をしていたんだぞ。信じられるか」

と言うなり謙士郎は激しく体を揺すって笑い出す。

「だから、奴を殺して、俺が成り代わってやったんだよ。うわははははは……」

だがその笑い声は、鉄三郎の耳には虚しく響いた。

誰よりも悪を憎み、悪と戦ってきた男が、悪そのものに己を変えてゆくには相応の葛藤があった筈だ、と鉄三郎は思った。賊に顔が似ていたことは切っ掛けにすぎない。だが、鉄三郎はもうそれ以上、謙士郎の心中を惟ようとは思わなかった。惟ることすら、つらかった。

すべての歯車が、いつしか、少しずつ、狂いだしていた。

いまとなっては、そう思うよりほか、納得できる理由が見つからない。

「ここで実の弟を殺したあとは、どうするつもりだったんだ？」

「決まってるだろう。これまでに稼いだ金で、気儘な隠居暮らしさ。……さしずめ、宗匠なんてどうだ。自由気儘に、足の向くまま気の向くまま、何処へ出入りしても、許されるらしいからな」

「《姫》…いや、寺島靭負は、もう金輪際貴様には付き添わぬぞ」

「それは少し淋しいな」

やや億劫そうに——それでも薄笑いをやめぬまま、謙士郎はゆっくりと身動ぎをした。

そろそろ終わりのときが近づいていることを、当然彼は察している。

表のほうで、最前から、時ならぬ人声と激しい物音がしていた。

店の入り口に待たせている手下が、火盗の捕り方に囲まれ、追い詰められているのだろう。家の中が蛻の殻で、自分を待っていたのが鉄三郎だと知った時点で、謙士郎も己と己の配下の結末くらい、充分に予想がついている。

「やるか、鉄？」

ゆるゆると腰を上げつつ、至極朗らかな口調で、謙士郎は鉄三郎に挑んだ。まるで、三十有余年前、道場で毎日のようにそうしていたように——。

「ああ、やろう」

それ故鉄三郎も、あっさり応じた。

立ち上がり、障子を開けて庭に出る。

天が少しく薄らぎ、室内にいるときよりは、外のほうが幾分明るく感じられた。

鉄三郎と謙士郎はともに庭に出て、刀を抜く。

ともに、青眼に構える。

そこまでは、いつもの二人のやり方だった。

そして、互いに構えたままで、ときが止まった。

（ああ――）

鉄三郎の胸裡には、過ぎし日、生まれて初めて真剣を手に墓場で対峙した夜のことが甦ってくる。

（あのとき、決着をつけよう、と言い出したのは、俺のほうだった……）

鉄三郎と同様、謙士郎もまた、過ぎし日故の想いで胸が傷むのか、構えたきり、ピクリとも動かない。

寸毫の間合いをあけて対峙したままで、互いに息をするのも憚られるようなときが過ぎた。

(そういえば、あの日以来か)

　ということを、鉄三郎は忽然と思い出した。

　結局あの墓場での決闘が、二人にとっては最初で最後の真剣勝負となった。

　あの夜の決闘で、もしどちらかが命を落としていたとしたら、今日のこの瞬間はあり得なかった。果たして、謙士郎も同じことを思ったのだろうか。

「なあ、鉄」

　構えを崩さぬまま、ふと呼びかけてきた。

「なんだ」

「懐かしいなぁ」

「なにがだ？」

「あの日と同じではないか」

「今頃、なにを言っている」

「俺は忘れてたんだよ、いまのいままでな」

　言いざま、謙士郎は間髪容れずに斬りかかってきた。

　ガッ、
　鉄三郎は鍔元でそれを受けた。

「嘘をつけ。お前が、一日とて忘れる筈がない」

受けると同時に、跳ね返す。

「…………」

謙士郎は無言で後退る。後退りながらも、相手の隙を窺っている。

ここだッ、
という確信から、不意に攻撃に転じても、相手も同じ頃合いで攻撃してくるのだ。

全く互角の腕を持つ者同士が刀を交えれば、畢竟そういうことになる。それは、
あの夜決闘で既に証明されていた。

だが、わかりきったことを性懲りもなく繰り返す愚かさもまた、人の性というものなのだろう。

「なあ、鉄」

「なんだ？」

「お前、どうして、未だに妻を娶らぬ？」

鍔迫り合いの最中でありながら、それには不似合いなことを問うてきた謙士郎に、
鉄三郎は一瞬間閉口した。

「同じことを、貴様に問うわッ」

一瞬後、鉄三郎は言い返す。

「はは…確かに」

謙士郎は鼻先で嗤う。自嘲なのか、鉄三郎への嘲笑か。或いは両方なのかもしれない。

「妻など、娶れるわけがあるまい」

その嗤いを受けて、さも不愉快そうに鉄三郎は言う。

「貴様のような極悪人と、毎日のように相対しておるのだぞ。……妻を娶って子をもうければ、この世に余計な未練が生じる。未練が生じれば、即ち命を惜しむことになる。そうなれば、こんなお勤め、到底やってられるか」

「………」

鉄三郎の言葉にしばし絶句し、謙士郎は自ら後方へ飛び退いた。

「鉄、お前……」

白みはじめる空の下、謙士郎は些か眩しげな表情をして鉄三郎を見返した。

「変わらぬなぁ、本当に。……それでは生涯独り身だぞ」

「ならばそれが、俺の定めなのであろう」

間合いに踏み込みざま静かに言い放たれた鉄三郎の言葉を聞き流しながら、謙士郎は辛うじてその切っ尖を避ける。

切っ尖を避けて退いた植木の傍らで、

「もう、よいではないか」

つい先ほどまでとは別人のように弱々しい笑顔を、謙士郎は見せた。

「俺は、極悪人だぞ、鉄」

「謙士郎」

「お前は、罪もない者たちを手にかけてきた極悪人に、情けをかけるつもりか？　それでも、火盗の鬼与力かッ」

「…………」

「もう、終わるときなのだ。お前だって、わかっているのだろう」

「黙れ、謙士郎ッ」

鉄三郎は無意識に身を翻し、

「喋りすぎだ！」

翻すと同時に、刀を振り下ろした。その刹那――。

「うッ」

左肩から右腋まで袈裟に斬られた謙士郎は刀を落とし、力なく頽れる。

「謙士郎ッ」

「これでいい」

頽れ、地にうち伏してゆきながら、存外強い口調で謙士郎は言った。

「これでいい。…俺にはわかっていた。はじめから、俺はお前にはかなわなかったんだ。それを、お前は下手(へた)に遠慮しやがって……」

激しい苦痛故に言い淀(よど)んだところで、駆け寄った鉄三郎がその体を助け起こす。

「もう、なにも言うな」

喉元にこみ上げた熱いもので、助け起こした謙士郎の顔以外なにも見えない。

「ありがとうよ、鉄……」

微(かす)かな声音で、謙士郎は辛うじて言った。

「お前の手で、死にたかった」

耳朶(じだ)に響いた最期の言葉は、できれば聞こえなかったことにしたかった。聞きたくはなかった。だが、聞いてしまった。

「馬鹿野郎」

口に出せぬ言葉を、声に出さずに胸中で呟きつつ、鉄三郎はそっと手を伸べ、腕の中にいる謙士郎の目を閉じた。漆黒の夜天が完全に白みきる前に、できれば家に帰って眠りたい、と心から願った。

だが、おそらくそれはかなわぬことだろう。

※　※

「謙士郎は、加賀屋の表戸を開けて家の中に入った瞬間、すべてを覚った筈だ。奉公人たちも主人の家族も、既に家の中にはいないことを承知の上で、俺のいる主人の居間まで来た」

文机に向かって書き物をしながら淡々と述べる鉄三郎の口調はいつもどおり冷静であった。

「それ故、手下を逃がそうと思えば、できぬことはなかった。すぐにとって返して、手下とともに逃走すればよかったのだからな。他の者は知らぬが、謙士郎一人であれば、お前たち全員を斬り伏せてでも、逃げ延びたであろう」

一見なんの感傷もなく淡々と言い継いでいるようだが、寺島の耳には、その変わらぬ口調こそが悲しく聞こえる。

「本当に、実の弟御を、我が手で殺そうとなされていたのでしょうか」

たまらず寺島は口走った。

「わからぬ」

鉄三郎はあっさりいなした。

「わからぬがしかし、そこまで悪の闇に陥っていたとは思えぬ。いや、思いたくないのだが……」

「手下を、逃がそうと思わなかった時点で、樫山さまのお心は正気に戻っていたのだと思います」

仕方なく、考えながら寺島は答えた。

「弟御への憎しみというより、やはり、商人そのものへの憎しみではなかったのでしょうか」

「さあ、それはどうかな……」

報告書を認める手をふと止めて、鉄三郎は己が首を少しく傾げる。

「いまとなっては、商人がどうとか、士分を捨てて商人になった弟が憎かったとか、そんな奴の言葉も、本気かどうか、俺にはわからん」

「え？」

「謙士郎という男は、ああ見えて、実は意外に繊弱なところがあった。繊弱で、潔癖すぎた。……江戸を去ったのは、堪えられなくなったからではないか、と俺は思う」

「一体なにに堪えられなくなったのでございます？」

「日々のお勤めの過酷さに、だ」

「まさか」

「実際のお勤めは、道場にて学ぶ剣術のように単純ではない。ときには権力に膝を屈し、己の無力さを噛み締めねばならぬときもある。……江戸を離れれば、その苦しさから少しは逃れられると思うたのかもしれぬ。だが、何処へ行こうと、我らの勤めに、さほどの変わりはない。我慢を重ねるうち、次第に心が壊れてしまったのではないか、と俺は思う」

「どうすれば、よかったのでしょう」

「役目を辞して、己の好きに生きるしかあるまい」

「樫山様は――」と、言いかけた言葉を、だが寺島はすぐに止めて口を噤んだ。「樫山様は、お頭のようになりたかったのではありますまいか」と言いかけ、だが自分などが軽々しく口にすべきではない、と気づいてやめたのだ。だが、口に出さずとも、

（そうに違いない）

と寺島は確信していた。最後に千住で会ったときの、自ら悪に染まったことを誇示するかのような態度は、鉄三郎を意識してのことだ。寺島の口から、それが鉄三郎の耳に届くことを望んだのだ。

「どうした、《姫》?」

鉄三郎が不審げに問いかける。

「お頭には、ございましたか?」

「なにがだ?」

「お役目を辞めたい、と思われたことが――」

「ないな」

鉄三郎は即答し、寺島はまたしばし言葉を失った。

(このお方の心は鋼だ)

思いつつ、やがて寺島は顔をあげ、あげたときには少し明るい顔つきになり、鉄三郎に問うた。

「ところでお頭、仮牢にいる伊賀者たちですが、結局樫山様が雇った刺客なのかどうか、わからずじまいなのでしょうか?」

「それを確かめられなんだのが、いまとなっては唯一の心残りだな」

「あの者ども、どういたしましょう？」

「ふむ……」

「なんとか密偵にできぬものでしょうか」

「しかし、伊賀者は信じられぬ故なぁ」

「金太が言うには、いまも連日牢内にて、やれ吉原だ内藤だと、妓の話ばかりしているそうでございます。……或いは、妓を餌にすれば、存外あっさり従うのではありますまいか？」

「妓につられて従うような者共(ものども)、信用できるか」

「それはそうですが……」

「妓といえば、内藤の、そちの馴染みはどうなったのだ？　捜してやったのか？」

「ああ、鈴音でしたら、あれから何食わぬ顔で、『お客に無理矢理連れ出された』と店に戻り、主人も快く赦(ゆる)してやって、変わらず客をとっているようです」

「一緒にいなくなったやり手の女は？」

「お寛のほうはさすがにそのまま行方知れずだろうと思っていたのですが……」

「まさか、戻ってきたのか？」

「はい。どうやらそのようで……文が来ました」

「文が？」

「ええ、鈴音が会いたがっているから、来てやってほしい、と。……一度は盗賊の手先になろうとしたくせに、なにを考えてんでしょうね」

答えながら、寺島はさすがに唇の端を弛めて苦笑する。

「女は怖いな、《姫》」

鉄三郎も思わず苦笑し、筆を擱いて顔をあげた。

「はい」

短く答えた寺島の胸にあるのは、いまは虚しく見える鉄三郎の表情に、いつか——いや、一日も早く、本当の笑顔が戻ってほしい、という願いだけだった。

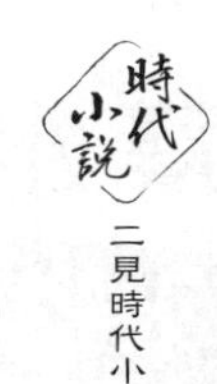

二見時代小説文庫

江戸の黒夜叉　火盗改「剣組」3

著者　藤 水名子

発行所　株式会社 二見書房
東京都千代田区神田三崎町二―一八―一一
電話　〇三―三五一五―二三一一［営業］
〇三―三五一五―二三一三［編集］
振替　〇〇一七〇―四―二六三九

印刷　株式会社 堀内印刷所
製本　株式会社 村上製本所

落丁・乱丁本はお取り替えいたします。
定価は、カバーに表示してあります。

ISBN978－4－576－19045－7
https://www.futami.co.jp/

藤 水名子

火盗改「剣組」

シリーズ

以下続刊

① 鬼神 剣崎鉄三郎
② 宿敵の刃
③ 江戸の黒夜叉

《鬼平》こと長谷川平蔵に薫陶を受けた火盗改与力剣崎鉄三郎は、新しいお頭・森山孝盛のもと、配下の《剣組》を率いて、関八州最大の盗賊団にして積年の宿敵《雲竜党》を追っていた。ある日、江戸に戻るとお頭の奥方と子供らを人質に、悪党たちが役宅に立て籠もっていた…。《鬼神》剣崎と命知らずの《剣組》が、裏で糸引く宿敵に迫る！

藤 水名子

隠密奉行 柘植長門守 シリーズ

伊賀を継ぐ忍び奉行が、幕府にはびこる悪を人知れず闇に葬る！

① 隠密奉行 柘植（つげ）長門守（ながとのかみ） 松平定信の懐刀
② 将軍家の姫
③ 大老の刺客
④ 薬込役の刃
⑤ 藩主謀殺

旗本三兄弟事件帖 完結

① 闇公方（やみくぼう）の影
② 徒目付（かちめつけ） 密命
③ 六十万石の罠

与力・仏の重蔵 完結

① 与力・仏の重蔵 情けの剣
② 密偵（いぬ）がいる
③ 奉行闇討ち
④ 修羅の剣
⑤ 鬼神の微笑

女剣士 美涼 完結

① 枕橋の御前
② 姫君ご乱行

牧 秀彦

評定所留役 秘録 シリーズ

以下続刊

① 評定所留役 秘録 父鷹子鷹
② 掌中の珠

評定所は三奉行（町・勘定・寺社）がそれぞれ独自に裁断しえない案件を老中、大目付、目付と合議する幕府の最高裁判所。留役がその実務処理をした。結城新之助は鷹と謳われた父の後を継ぎ、留役となった。ある日、新之助に「貰い子殺し」に関する調べが下された。探っていくと五千石の大身旗本の影が浮かんできた。父、弟小次郎との父子鷹の探索が始まって……。

藤木 桂

本丸 目付部屋 シリーズ

以下続刊

①本丸 目付部屋 権威に媚びぬ十人
②江戸城炎上
③老中の矜持

大名の行列と旗本の一行がお城近くで鉢合わせ、旗本方の中間がけがをしたのだが、手早い目付の差配で、事件は一件落着かと思われた。ところが、目付の出しゃばりととらえた大目付の、まだ年若い大名に対する逆恨みの仕打ちに目付筆頭の妹尾十左衛門は異を唱える。さらに大目付のいかがわしい秘密が見えてきて……。正義を貫く目付十人の清々しい活躍！